读客

# 读客三个圈经典文库

经典就读三个圈　导读解读样样全

なおこ

# 菜穗子

[日]堀辰雄 著
（1904—1953）
烨伊 译

读客三个圈经典文库

经典就读三个圈 导读解读样样全

江苏凤凰文艺出版社
JIANGSU PHOENIX LITERATURE AND ART PUBLISHING

图书在版编目（CIP）数据

菜穗子 /（日）堀辰雄著；烨伊译. -- 南京：江苏凤凰文艺出版社，2022.9
（三个圈经典文库）
ISBN 978-7-5594-6559-7

Ⅰ.①菜… Ⅱ.①堀… ②烨… Ⅲ.①中篇小说－日本－现代 Ⅳ.①I313.45

中国版本图书馆 CIP 数据核字 (2022) 第 002818 号

# 菜穗子

［日］堀辰雄 著　　烨伊 译


| | |
|---|---|
| 责任编辑 | 丁小卉 |
| 特约编辑 | 黄　婧 |
| 装帧设计 | 胡　艺 |
| 责任印制 | 刘　巍 |
| 出版发行 | 江苏凤凰文艺出版社 |
| | 南京市中央路 165 号，邮编：210009 |
| 网　　址 | http://www.jswenyi.com |
| 印　　刷 | 河北中科印刷科技发展有限公司 |
| 开　　本 | 880 毫米 ×1230 毫米 1/32 |
| 印　　张 | 5.5 |
| 字　　数 | 110 千字 |
| 版　　次 | 2022 年 9 月第 1 版 |
| 印　　次 | 2022 年 9 月第 1 次印刷 |
| 标准书号 | ISBN 978-7-5594-6559-7 |
| 定　　价 | 39.90 元 |

事到如今我才终于懂得，我与你的不睦让你失去了什么。你失去的断然不是对我这个母亲的信任，而是一个女人对人生之中最神圣的事物的信任。

——《菜穗子》第35页

# 目 录

# 榆树之家

# 第一部

## 一九二六年九月七日，于O村

菜穗子：

为了有朝一日你能读到它，我写下了这本日记。近来不知为何，你像是一句话也不愿与我多说。也许待我死去几年后的某一天，你才会觉得当初我们若能把话说开该有多好。有鉴于此，我打算为你写下这本日记。希望到那时，它能在不经意间出现在你的眼前——是的，我已打算写完它后，便把它藏在这个大山里的房子中某个不起眼的角落……曾有这么几年，我总是一个人留在家中，直至深秋。兴许今后你会来这里住上几日，来凭吊曾为你而感到痛苦的我。希望到了那个时候，这座深山里的家宅还与我活着的时候一样……这样你就可以坐在我待过的那片榆树荫下，我曾经很喜欢在那儿看书、编织。在冷飕飕的夜晚，你还可以在暖炉前呆坐几个小时。日子就这样过去，或许在某一个晚上，你会无意间走进我住过的二楼的房间，偶然在屋子的一角发现这本日记……倘若真有这么一天，请别再只把我当成你的母亲，而是将我看作一个会犯错的普通人。因为我犯的错，是世人皆会犯下的错。请多爱我一些吧。

不过，最近这阵子你为什么总是尽可能地避免与我交流呢？我并不担心是不是自己说了什么从而伤害了我们的感情，反倒觉得或许是你唯恐说出这类话，才刻意避着我。如果最近这种令人尴尬的沉闷气氛全都因我而起，那我可真要对你哥哥和你说声抱歉。这股越来越浓重的窒闷感，是否会带来某种我们无法预测的悲剧？还是说，这股窒闷感源自从前的悲剧——那些在我们几乎不曾察觉的时候发生，然后又若无其事地离我们远去的悲剧——随着岁月的流逝，变得越来越明显了？我搞不清楚。不过，恐怕有些我们未能认清的事情已经起了变化。我不知道那究竟是什么，但大体有所感应。我打算在这本日记里揭穿它的真面目。

※

我的父亲曾是位颇有名气的实业家，却在我还是个小女孩的时候，遭遇了事业上无可挽回的失败。当时盛行读教会学校，母亲担心我的前途，便把我送了进去。从那以后，我便总要听母亲的念叨："虽然你是女孩子，也要发奋向上啊。要给我考个好成绩，然后去国外留个学哦。"但从那所教会学校毕业不久，我就成了三村家的人。从小我便对出国一事尤为恐惧，以为自己无论如何也逃不掉出国的命运。这样一来，我总算是不用出国了。但随之要面对的是那时候三村家的爷爷留下的残局。这位长辈心宽得很，特别是到了晚年，沉迷古董，把全部家财挥霍一空。你们的父亲和我为重整家业费尽了心力。二三十岁的那些时光在忙碌中匆匆流逝，我们几乎没有时间喘息。好不容易日子过得轻松了些，刚想停下来喘口气，你们父亲就病倒了。那时候，你哥哥征雄十八岁，你十五岁。

其实，在那以前我从未想过，你们的父亲会先我而去。甚至年轻的时候还总会去想：要是我死在前头，你们的父亲该多孤单啊。尽管如此，最后却是终日抱病的我和年幼的你们被留在这个世上，相依为命地过活。起初那阵子，我整个人都麻木了。慢慢地才终于清楚地感受到那沁入骨髓的寂寞，就像被独自丢在一座古老的城堡里。可是，对当时仍旧不谙世事的我来说，这令人措手不及的一切，只是让我切身体会到了命运的无常。你们的父亲临终前曾对我说："只要活下去，总会再看到希望。"彼时它于我而言，也不过是句空话……

你们的父亲还在世的时候，一到夏天，就让我带你们去上总[1]的海边玩。工作之外的时间，他总是一个人留在家里。他喜欢山，若是有一周左右的假期，就会一个人往信浓[2]那边去。不过他并不喜欢登山，只喜欢在山脚下兜风……当时的我也许是去惯了山里，还是更喜欢大海多一些。但在你们父亲去世的那年夏天，我却突然恋上了大山。虽然可能会让你们受点委屈，我却不知为何，想要远

1 日本古代有上总国，现为千叶县中部地区的统称。——译者注（如无特殊说明，本书注释均为译者注。）

2 日本古代有信浓国，现指长野县。

离人烟，到寂寞的山野里度过一个夏天。那时我突然想到，你们父亲以前总是对浅间山[1]山脚下的O村赞不绝口。据说，从前的O村是一处有名的宿场[2]，铁道建起后便迅速衰落，如今只剩二三十户人家住在那里。我鬼使神差地被这样一个村子吸引了。总之，你们父亲第一次去那个村庄像是很久以前的事了。在那以前，他常去的地方好像叫K村，也坐落在浅间山的山脚下，有一群外籍传教士住在那里。一年夏天，你们父亲住在那边的时候，不巧赶上了山洪，K村那一带全被淹了。于是他和当时在K村避暑的外籍传教士们一起，到离K村仅两里[3]的O村避难……就这样，你们父亲在这座曾经繁华一时、如今空留寂寞却依旧温和可人的小村庄住过一阵子，刚发现这里很适合眺望远近各处的山间景色，却突然染病了。从第二年起，他几乎每年夏天都去O村。大概又过了两三年，O村也建起了一座座别墅。那时他笑着说，也许是因为那次山洪时一起去O村避难的人当中有人和自己一样，爱上了这里。不过，那里毕竟太冷清了，生活也不方便，似乎有不少别墅的主人住上两三年就弃家舍而去——如果我们买下其中的一所别墅，改造成自己喜欢的样子，就算生活不太方便，将就一下也足够我们一家人住了。如此，我下定决心，托人帮忙找一栋合适的房源。

最后，我终于买到一栋屋顶铺着杉树皮的山间小屋，整个院子有五六百坪，院里长着几棵大榆树。虽然房子在风吹雨打下显

1 日本知名活火山之一，位于东京以西150千米的长野县、群马县境内。

2 日本江户时代对驿站的称呼。

3 日本律令制中规定5尺为一步，300步为一里。

得相当破旧，但屋里还是新的，比我想象中更适合居住。这样一来，我唯一担心的就是这里对你们来说，会不会太枯燥了。没想到懂事的你们竟对深山里的一切都感到新鲜，又是采花，又是捉昆虫，玩得不亦乐乎。黄莺、山鸽在山间秋雾里不知疲倦地啼叫，就连我不知道名字的小鸟，也在婉转地啾鸣，像是在努力让我们记住它。站在水边啃食桑叶的山羊幼崽看见我们便走近来，样子十分乖顺。看着你们围着小山羊玩耍，一股情绪从我的心底涌起，分不清那是悲伤还是别的什么。但在当时，就连这种类似悲伤的情绪，也能让我的心情舒缓许多。若是没有这种情绪，我的生活大概只剩下一片空虚。

不知不觉，就这样过去了许多年，征雄终于考上了一所大学里的医学专业。有关他的未来，我给了他充分的自由去选择。可他并不是因为对医学特别有兴趣才考入医科，更多的考量竟是在物质方面。弄清这一点后，我不禁感到心酸。如果一直这样生活下去，本就所剩无多的家产只会越来越少，我总是为此暗暗发愁，但从未把这种担忧透露给你们分毫。可征雄在这方面一直非常敏感。总的来说，征雄过分的懂事，反而让我有点儿无奈。而做妹妹的你却正好相反，从小就很霸道。每每遇上不顺心的事，就一整天不理人。你的性格让我越来越不自在。你慢慢长大，仿佛和我越来越像，以至于我的每个想法都被你看穿。起初我以为这就是你让我无所适从的原因，但是后来，我才发现，我们相似的部分全在表面，哪怕是意见一致的时候，我的判断基本都来自感性，而你的结论却总是来自理性。或许这才是我们动辄话不投机的原因。

还记得那一年，征雄大学毕业后，去T医院做了助手。那是第一个只剩我们母女留在O村的夏天。当时你们的父亲生前在K村结识的熟人有大半都来这里避暑。那天，你们父亲的一位前同事邀请我参加一个茶话会，我叫你陪我一起去酒店赴约。茶话会还要过一会儿才开始，我们就在阳台上等着。在那里凑巧遇见了我在教会学校读书时的朋友——安宅先生，他已成为一位有名的钢琴家。安宅先生正和一位三十七八岁、身材瘦削的高个子男士站着谈天。那位先生名叫森於菟彦，我也见过他一面。他比我小五六岁，仍是单身，整个人有如brilliant[1]这一词语的化身一般。当时的我，连和他熟稔地聊几句的勇气都没有。他正和安宅先生相谈甚欢，衬得我们一派寒酸。不过森先生好像看穿了我们的心思，趁安宅先生暂时离席的时候走到我们身旁，和我们说了两三句话。他的语气丝毫没有使我们感到困窘。

就这样，我总算放松下来，陪他说起了话。我几乎一直在扮演听者的角色，他说起O村，好像对我们居住的这座村庄充满了好奇。他说自己打算约安宅先生一起来拜访，征求我的意见。甚至还说，就算安宅先生来不了，他也想自己过来。我几乎要相信他并不是一时兴起，似乎是真的就算安宅先生不来，他自己一个人也想来看看。

---

1 英文，华丽、灿烂，光彩照人之意。

那之后过去了一周，一天下午，我听到这栋别墅后面的杂木林里隐约传来机车引擎的轰鸣声。这种地方任谁都觉得车子很难开进来，会有谁特意坐着车来呢？我从二楼的窗户往下看，心想一定是有人迷了路。只见一辆车被卡在杂木林中动弹不得，从里面下来的人竟是森先生。他抬头看了看我在的那扇窗户，但我正巧被挡在一片榆树荫后面，他像是没注意到我。而且我家的院子和森先生站的那块地方中间隔着一片茂密的芒草，还有一道开着小碎花的灌木丛。这样看来，这位森先生想必是开车走错了路，离我家的后院已经很近了，又被那些树丛挡住，才一直没能敲响我家的门。也许是心理作用吧，我觉得当时他正在犹豫，似乎不知独自来我家做客是否妥当。

于是我佯装不知情，一边下楼收拾乱糟糟的茶桌，一边默默等着他。终于，森先生从榆树下面走了过来。我慌忙跑去迎接，装作才看见他过来。

“我好像把车子一头开进了了不得的地方。”

森先生在我面前站得笔直，瞄着灌木丛后面露出的一部分车身，不时回头去看他那辆依然轰隆作响的车子。

我原本打算先把森先生请进门坐下，再把正在邻居家玩的你叫回来。可是方才就有些异样的天空在这当口突然暗了下来，眼看着就要打雷下雨。这时，森先生有点困窘地说：“我约了安宅先生，可他说今天可能会有雷阵雨，不愿意来。看样子还真让他说中了啊。”

他一面说，一面一个劲儿地盯着昏暗的天空瞧。

屋后的杂木林上空，盖着一片旧棉花似的云彩，但顷刻之间，闪电已像犬牙一般将它撕裂。紧接着，惊天动地的雷鸣声响彻山谷。继而，屋顶上不断传来声响，像是有人一把接一把地抓着小石子不停地往上面扔……我们俩都惊呆了，不由得茫然相觑了好一阵子。这情形像是持续了很久，直到被淹没的汽车引擎声忽然又恢复了野兽般的怒吼。我不断听见树枝断裂的声音。

“听上去断了许多树枝啊……”

“是呢，不知道是我家的还是别人家的。”

闪电不时划过那些被折断的灌木枝。

雷声又持续了一段时间，屋后杂木林上方的天空终于亮堂了点。我们不约而同地松了口气。眼看着草叶上的水珠渐渐反射出耀眼的阳光，屋顶却又传来啪啦啪啦的声响。我们不由得再次面面相觑，原来是榆树叶上抖落下来的雨滴。

“雨好像停了，我带您去那边走走吧？”

说着，我从面对着森先生的椅子上轻轻起身，打算去邻居家把你接回来。我走在森先生前面，带着他去看整个村庄。

这时正是家家户户开始养蚕的时候。整个村子不到三十户人家，大部分房子都快要散架了，有些房屋甚至已经塌了一半。唯独大豆田和玉米田，长势格外喜人，将这些与废屋无异的房子团团围住。这片景色意外地合我们的心意。一路上我们与几位年轻的女孩儿擦肩而过，她们面带泥污，背上的一大筐桑叶似乎沉重难当。终于，我们来到村庄偏远处的一条岔路上。北边的浅间山上还飘着一片积雨云，偶尔能在云层间看到它泛红的腰身。南边已经彻底放晴，正对着我们的那座小山看上去比平时离得更近了，整片天空只有一块卷云堆在它的头顶。我和森先生呆呆地站着，沐浴在让人心情舒爽的凉风里。就在这时，对面那座小山和我们面前的这片松林中间，架起了一条朦朦胧胧的彩虹，简直就像事先准备好的一样。

我站在伞下抬头看，不觉脱口而出："多美的彩虹啊！"森先生站在我旁边，也抬头凝望那道美丽夺目的虹光。不知为何，他的神色极为和缓，却又透着某种异样的兴奋。

这时，一辆车在太阳底下闪着光，从对面的村间小道疾驰而来。里面有人在朝我们挥手——原来是你和邻居小明开着森先生的车过来了。小明手里拿着照相机，你趴在他耳边说了几句话，他便立刻把相机摆正，对准了森先生。我连责备的话都说不出来，只有提心吊胆地看着你们像小孩子一样耍闹。不过森先生却似乎满不在乎，他有些刻意地用手杖戳着脚边的草地，不时和我说几句话，随你们一通乱拍。

那之后的三四天，每个午后都要来一场阵雨，几乎成了某种不成文的规矩。每场阵雨都伴着响亮的雷声而来。我坐在窗边，目光穿过榆树的枝丫，饶有兴致地看闪电在屋后的杂木林上空画下骇人的素描。我明明以前那样害怕打雷，现在竟看得入了迷……

第二天，终日山雾缭绕，连近处的山峦都不得见。第三天早上雾气依然浓重，但一过正午，便开始吹西风，天空在不知不觉间放晴，让人心情愉快。

两三天前，你就说想去K村，我劝阻你说等天气好了再去吧。由于那天你又说了同样的话，我委婉地回绝："我今天好像有点儿累，不想去了。你和小明一起去怎么样？”起初你别扭着说要是那样你就不想去了，但到了下午，又突然变了主意，约上小明一起出去了。

可你们才去了不到一个小时就回来了。你之前那么想去K村，现在却回来得这么早，还红着一张脸，一副不乐意的样子，就连平时总是很有精神的小明看上去也有些郁闷。我想，你们这一趟一定发生了什么不愉快的事。那天，小明连屋子都不肯进，就直接回自己家去了。

晚上，你主动告诉了我白天发生的事。到了K村后，你想先去森先生那里看看，就让小明在酒店外面等着，自己一个人走了进去。午餐时间刚过，酒店里静悄悄的，连个服务生的影子都没有。于是你叫醒收银台那个正打盹儿的穿西装的男人，打听到了森先生的房间号，独自上了二楼。你敲响了房门，里面应声像是森先生，便马上推开了门。森先生可能以为来人是服务生，仍然在床上躺着，不知道在读什么书。一见进来的人是你，好像吃了一惊，忙从床上坐起来。

“您正在午休吗？”

“没有，只是躺着看会儿书。”

森先生一边说，一边盯着你的背影看了一会儿。接着像是突然想起了什么，问道：“你是一个人来的吗？”

“嗯……”你不知该如何回答，支支吾吾地走到朝南的窗边。

“呀，天香百合的味道真香。”

你这么一说，森先生也从床上下来，站到你旁边。

“这种花我闻了好像会头疼。”

“妈妈也不喜欢天香百合的味道呢。”

“你妈妈也不喜欢啊……”

不知道为什么，森先生的答话十分冷淡。你有点儿不开心。对面的亭子上立着爬满常春藤的方眼围栏，这时，你突然看见小明拿着相机，身影在围栏后面时隐时现。明明说好了在酒店外面等的，什么时候竟然跑到酒店的后院里来了？确定那人是小明以后，你便把话不投机的懊恼怪到小明身上。

“那不是小明吗？”

森先生一看见他就告诉了你。随即，森先生似乎是突然觉得你别有用心，一瞬不瞬地看着你。你不由得涨红了脸，逃也似的从他的房间里跑了出来……

我听你说着这桩简短的逸事，心想你怎么能这么孩子气。最近我原本觉得你好像懂事了不少，但这件事又将你的本性暴露无遗。现在我几乎怀疑，你的懂事也许只是我一厢情愿的想象罢了。那时的你，好像并不明白自己为何会那般羞赧和愤怒，而我，则是不愿明白。

几天后，东京发来了电报，征雄得了肠炎卧床不起，让我们过去一个人照顾，于是你就先回去了。你出发之后，森先生来了一封信：

多谢您前几天的招待。

我也深深地喜欢上了O村，甚至考虑要不要到那里隐居，当然，我还配不上使用“隐居”二字。不过，最近我像是重新回到了二十四五岁的年纪，总是感到难以名状的兴奋。

特别是在村外和您一起仰望那道美丽的彩虹的时候，我一直以来如同走到死胡同里的心情，仿佛顿时豁然开朗。我想，这全是托您的福。我正在撰写一本自传体小说，那次奇遇还给了我新的灵感。

明天我就要回东京了，希望今后还能与您见面，好好聊一聊。几天前见到了令爱，但她走的时候并没和我打招呼。不知她现在怎么样了？

我边读这封信边想，如果你在我身边，我也许能读出这封信更多的深意。但如今只有我一个人，于是我将信读完，随手把它和其他信件放在桌子上。好让自己相信，这封信根本代表不了什么。

同一天下午，小明来了。他听说你回了东京，觉得很是突然，像是担心你的离去和他有关，落得一脸悲伤，都没进门坐坐就回家了。小明人很好，可不知是否因为双亲早逝，性格好像有点过分敏感了……

这两三天，秋天来得越发彻底。我每个清晨独自凭着窗子，百无聊赖地陷入沉思。透过屋子后面的杂木林的枝丫，原本只能模模糊糊看见个轮廓的群山，竟每一条皱褶都清晰可辨起来。那些过去的日子，抓不住头绪的回忆，也如这群山一般，向我呈现出每一处细节。可也终究不过尔尔，我心中不停翻涌着的，只有无可言说的悔恨。

傍晚时分，闪电悄无声息地频频划过南方的天空。我像年轻时常做的那样，呆呆地托着腮，把额头贴在窗玻璃上，不厌其烦地眺望着眼前的一切。一张苍白的脸映在窗户上，一双眼睛痉挛般地眨个不停……

※

那年冬天，我在一本杂志上读到了森先生的小说——《半生》。我想，这应该就是他所说的，在O村得到灵感的那部作品。他大概想把自己的前半生用小说的形式表现出来，但这篇小说却只讲了他年幼时的故事。不过即使只看这样一小篇，也能推测出森先生想要写一部怎样的作品。这部作品中蕴藏着一种他过往的作品中不曾有过的、令人不解的忧郁。但这种从未出现过的情绪，其实从很久以前就深藏在森先生的其他作品中了。我觉得，森先生不过是为了保持自己在大家面前一贯的“brilliant”，才努力将那种情绪掩藏起来。因此，他恐怕要下很大决心，才能用如此朴素的笔调来写这部作品。我诚心诚意地祝愿他能写完这部小说。可是，杂志上仅刊出了这部名为《半生》的小说的开头部分，就再也没有下文了。这不禁让我浮想联翩，担心森先生在未来恐怕要经历相当大的波折。

二月末，森先生寄来了那年的第一封信。他在信中为尚未回复我寄给他的贺年卡而道歉，并称他从年末到现在一直被神经衰弱所困扰。信中还夹了一页纸，像是从某本杂志上剪下来的。我毫无防备地将纸展开，上面印着几行情诗，是写给某位比他年长的女性的。我正纳闷森先生为何要寄给我这样的东西时，最后一行诗句猛然闯入眼帘——“我再心痛都无甚紧要，只担心你的名誉。”我不明所以地念出声来，忽然闪过一个念头：“这些诗莫非是写给我的？”这样一想，我先是感到一种难以言喻的尴尬，继而又被一种庸俗至极的情感所支配。若当真如此，森先生这样做可让我太为难了。就算他真的对我有好感，只要能对这份感情置之不理，那么谁都不会知道。我不知道，也许就连森先生可能也还没自我察觉时就已经把它忘在脑后，或是埋葬了。为什么他偏要向我道破这种易变的情绪呢？即使是用这样委婉的方式。我和他若是像以前那样，在意识不到这份感情的状态下来往倒还好，现在彼此都意识到了这一点，以后岂不是连面都不能见了。

我心里不住地埋怨着森先生这自私自利的做法，却无论如何也没办法讨厌这样的他。他几乎已经成了我的弱点……不过，想到恐怕只有我自己才能看懂这几篇诗是为我写的，不由得又松了口气。我没有撕掉那张纸，而是把它藏到书桌抽屉的最里面，然后装出一副什么都没发生过的样子。

正好到了和你们一起吃晚饭的时候。我啜着汤，忽然想到：那张纸应该是从《昴》[1]上撕下来的（我早就发现了，但没仔细想究竟是哪本杂志）。而《昴》的每一期都会送到家里来，最近我一直放在那边没有动过。说不定在我还一无所知的时候，你哥哥，甚至连

---

1 明治四十二年（1909）一月创刊，大正二年（1913）十二月后停刊的文艺杂志。

你都已经读过那些诗了。我这才想到：这可了不得。不知是不是我的错觉，你好像从刚才开始就一直佯装对我视而不见。我心中登时腾起一股无处消解的怒气，却依然矜持地举起了汤匙……

从那天起，我便生活在森先生布下的情绪之网中。这张网无影无形，却令我胸闷气短。我总觉得，每个人都在莫名其妙地盯着我。接下来的好几周，我连你们都不想见，一直待在自己的屋子里。我知道有什么东西正在向我逼近，而我只有挪开身子，静待它与我们擦肩而过。除此之外，再无别的办法。总之只要不让它走到我们中间来、不与我们纠缠不清，我们就能得救——我深信不疑。

与这些想法相比，我更渴望自己能快些老去。等我上了年纪，甚至失去了女人的风韵，无论在哪里与那位先生相遇，应该都能心平气和地和他交谈了。可现在的我，正是苦于这样一个不上不下的年纪。唉，要是能一下子白了头，那该多好。

那些日子里，我连这些都想了个遍。整个人比从前更加消瘦，每每凝视着自己的手腕，都觉得静脉比从前更鲜明了。

那一年是空梅雨[1]。盛夏酷热的阳光从六月末到七月初从未间断。我明显觉得自己的身体大不如前，遂独自一人提前回到O村。但不过一周，就来了一场雨，整日下个不停，越来越有梅雨的味道。这雨偶尔也会歇一口气，可即便是雨停的时候，山间也总是雾

1 指梅雨季节不怎么下雨。

气缭绕，连近处的山峦也看不清。

我反而喜欢上了这种阴郁的天气，因为它将我的孤独保护得十分彻底。每一天都和前一天一样。冷冰冰的雨把堆了一地的榆树叶沤烂，使它们发出腐臭的味道。只有鸟儿每天轮流落在院子里的树梢上，用不同的声音啼叫。我走近窗户，想看看小鸟的样子，但最近眼睛好像很不好使，常常怎么也寻不到它们的影踪。这既让我悲伤，又让我欣慰。我不知发了多久的呆，抬头看向微微颤动的树梢，有时忽然会有一只蜘蛛拖着长长的线坠在眼前，把我吓了一跳。

这阵子，尽管天气这样不好，其他别墅的住户好像还是一家家地搬来了。有两三次，我似乎看见小明裹着雨衣，孤零零地穿过屋后的杂木林。他好像知道这儿还是只有我一个人住，于是没到家里来过。

到了八月，梅雨季依然在持续。不久，你也回来了。我还听到一些消息，说什么森先生又去了K村，这阵子应该会来。但都是不确定的传闻。那位先生为什么要选天气这样不好的时候来？他真要是到了K村，倒是有可能顺道过来，但依我现在的情绪，还是不要见他的好。可要是为此特意写信阻拦也不太妥当，他要来就来吧。到时候，我就和他说个清楚。叫上你，把话说明白，好让你也能接受。至于说些什么，还是不要想的好。放着不管，该说的话自己就会蹦出来……

渐渐地，偶尔也能看到晴天了。不时还有淡淡的阳光洒进院子，尽管那阳光不多时又会被云遮住。最近我让人在院子正中央的榆树下打了一条圆木长椅，榆树影有时浅浅地映在长椅上，又渐渐稀薄，最终彻底消失——我怀着一颗忐忑的心，守着这瞬息万变的风景。那景象，和我近日惴惴不安的心境如出一辙。

又过了几天，炽烈的阳光持续照耀着大地，已然是秋天的阳光了。当然，白天还是很热的——森先生突然来到O村的那天，就是这样一个秋日，并且是正午最热的时候。

他看上去憔悴得吓人。望见他消瘦和颓败的神色，我整颗心都揪了起来。在和他见面以前，我还很担心森先生看见我最近越发明显的老态，他该作何感想。可现如今，我已经彻底把这担忧抛到了脑后。我打起精神，与他寻常地寒暄。他定定地看着我，透过他暗淡的目光，我明白他似乎也在为我的憔悴而难过。我的心都要碎了，却强忍着痛苦，尽量表现得沉静稳重。但仅仅如此就已耗费了我全部的心力，我哪里还顾得上之前的决定——等到森先生来了就把话说清楚什么的，此时的我根本没有勇气提起这些。

你总算让女仆拿来了红茶茶具。我接过来请森先生喝茶，却担心你是否又会怠慢了他。但你当时的表现完全出乎我意料：你情绪特别好，还和森先生聊了起来，谈吐大方得体，让我吃惊不已。那时你表现出的成熟甚至令我反思：我这段日子一味苛刻地约束自己，竟丝毫没有看顾你们的成长——有你陪着说话，森先生看上去也很轻松，比只跟我一个人说话要精神多了。

过了一会儿，你们的闲聊告一段落。森先生似乎很是疲累，却匆忙站起来，想再去看看去年看过的那些老房子。我们陪着他去了。烈日当头，路上的砂石干得发白，我们的影子短得几乎看不见。到处是被烤得闪闪发亮的马粪，上头凑着几只小小的白蝴蝶。终于走进村子，我们不时到路边的农户门口躲一会儿太阳，像去年一样，瞅瞅养蚕人家屋里的模样，抬头看横在头顶、眼看就要塌下来的老屋房梁。去年还剩下的一段砂壁[1]现在已经毫无影踪，取而代之的是一片玉米田。我们漫无目的地东走西逛，不时对望几眼。好不容易走到了去年来过的村边，浅间山近在眼前，隆起在松林之上，是那样清晰而庞大，让人震撼。这幅景象中的某些东西，莫名地呼应了我当时的情绪。

有那么一段时间，我们呆呆地伫立在这条村边的岔道上，每个人都沉默着，但好像没有人在意这份安静。这时，正午钟声的钝响从村子的中心传来，我们这才意识到那长久的沉默。森先生的目光不时在对面那条白花花的、干燥的村道上找寻着——接他的车应该快到了。不久便有一辆车卷起猛烈的灰尘疾驰而来。为了躲避灰尘，我们站到路边的草丛里，但没有一个人打算去拦下那辆车，大家全都直挺挺地站在草丛当中。那段时间极为短暂，对我来说却格外漫长。我甚至觉得自己像在做一个无法言说的梦，想从梦中醒来，梦却不停地延伸，我几乎以为自己永远也醒不过来了。

车开过去好远才注意到我们，又开了回来。森先生踉踉跄跄地坐进车里，没有说话，只是用手扶了扶帽子，朝我们点了点头。那辆车再一次卷起尘土疾驰而去，我和你在草丛中举着阳伞躲避那灰

1 日式建筑中用糨糊搅拌各色沙子，在墙上抹最后一遍灰的墙壁。

尘，默然地站了许久。

仍然是去年那个村边，与去年几近相同的分别——但为什么一切都和去年不同了呢？我们身上发生了什么，又经历了什么？

“刚才还在这儿看见牵牛花的，现在已经没啦。”

我几乎口不择言，只为了让自己的心从那些想法中逃离。

“牵牛花？”

“哎呀，刚才你不是说有牵牛花开了吗？”

“我……我说过吗……”

你惊讶地盯着我看。那花刚刚明明在哪里看到过的，现在却怎么也找不到了。我觉得很奇怪，不过转瞬又想，恐怕是自己的情绪出了问题，才会这样觉得的吧……

那之后又过了约莫两三天，森先生突然寄来一张明信片，说自己马上要被派到木曽[1]工作。我曾下定决心，见到森先生后要跟他把很多事说清楚，不想竟错失良机，多少有些不甘。另外，我又觉得，也许我们这样若无其事地相逢，又若无其事地分别反而是最好的——嗯，我不断这样告诉着自己，似乎也就安心了许多。同时，我总觉得，不是今天，就是明天，与我们的命运息息相关的某样东西就要露出它的真正面目。但它的出现究竟会让我们变得幸运还是不幸，我们根本无从知晓。我不断祈祷，但愿它能像经过村子上空却未落下一滴雨水的乌云一般，快些经过我们……

1　日本长野县内的地区名称。

一天晚上，大家都已进入梦乡，可我不知为何，总觉得胸口发闷、无法成眠。于是我便轻手轻脚地独自走到外面，在黑漆漆的树林里一个人走了一阵子，心情这才舒畅了些。我掉头往家的方向走，却看见厅里不知何时亮起了一盏灯。出门的时候，我明明把灯全都关了。你应该已经睡了，此刻厅里的人会是谁呢？我来到榆树底下，望见你坐在我常坐的那扇窗边，学着我的样子，额头抵在窗玻璃上，呆呆地望着天空。

你的脸几乎完全背光，我一点儿也看不到你的表情，看样子你也没发现站在榆树底下的我——你想事情的模样，简直与我如出一辙。

那时，我心中有了一个念头：你刚才一定听到了我出门，突然十分在意我的行踪，于是从楼上下来，一直在那里想我的事。恐怕你丝毫没有察觉到自己的姿势和我一模一样，或者是你太过专注地想着我，以至于不知不觉间被我同化了。总之，你现在在想我。你想着和我有关的事，心早已飞出了这间屋子，这是不容争辩的事实。

不，我绝不会离开你的。倒是你，最近总是避着我。这只能让我感到恐惧，让我觉得自己是一个罪孽深重的女人。唉，为什么我们不能像别人那样，活得坦诚些呢？

我心里向你倾吐着，却不动声色地走进家门，默默经过你身后。你突然转身问我："您刚才是去了哪里？"你那几乎带着责难的语气，让我清楚地感受到，我让你多么为难。我心中不禁五味杂陈。

## 第二部

一九二八年九月二十三日，于O村

这两三年来，我从未想过这本日记还会再回到我手中。去年的这个时候，我在O村，一件偶然的小事让我想起这本暂时被我忘记的日记，不由得惭愧万分。那时候我是打算把它烧掉的，可又想在烧掉之前再读一遍，最后就这样犹豫着，竟错过了烧掉它的时机。当时的我，做梦都没想过自己还会再次取出这本日记写下去。至于让我再次拿起笔，一面鞭笞着自己的心，一面将日记写下去的缘由，想必你在阅读的过程中自然能够明白。

去年七月的一天，清早就热得让人窒息。这一天，我从报上得知了森先生在中国北京溘然长逝的消息。征雄在那个夏天到来之前刚刚去中国台湾的一所大学教书，凑巧你也在几天前独自到我们在

O村的山间小屋去了，只有我一个人留在杂司谷[1]的大房子里。报纸上的那则消息说，森先生这一年多的大部分时间都在中国度过，鲜有作品发表。他住在古老的北京城里一处安静的旅馆中，为旧疾所苦，连续几周卧床不起，直到离世前的一刻，都像在等着某个人的到来，却终究还是孤单地咽下了最后一口气。

一年前，森先生离开日本，似乎是为了躲避什么人。但他抵达中国后，仍然来过两三封信。读他的信，不难看出他钟情于“如古老森林一般”的北京城。他还曾在信中玩笑般地提到，自己愿意在这样的地方孤单地度过晚年，然后不为人知地死去。不曾想这玩笑话如今却成了真的。也许森先生将初见到北京的想法写进信里寄给我的时候，就已经看穿了自己的命运……

大前年的夏天，我和森先生在O村见过一面后便再未谋面。他不时会写信给我，信中充满了对人生彻头彻尾的厌倦和对自己这种情绪的嘲讽，让人读来满是悲伤。平庸如我，怎么可能写出足够安慰森先生的回信呢？尤其是在他突然要去中国的时候，似乎很想见我一面——他当时怎么还能如此从容？那时我还在为之前的事介怀，自知无法和他坦诚相见，便委婉地拒绝了。如今我越是看那些信，越是徒增悔恨，哪怕那次我能见见他也好。可若真与他面对面了，我又该怎样对他说明那些书信里写不下的心事呢？

读了那天的早报，好像有什么猛地压住了我的胸口。我冷汗直流，在长椅上躺了许久，突然袭击我的胸痛才多少有所缓和。这之

---

1 日本东京都丰岛区东南部地名。

后，我怀着半是后悔的心情，对森先生的孤独离世想了许多。

回忆起来，那应该是我心绞痛第一次轻微发作。但我的身体在这之前没有任何预警，所以当时我只当是自己惊愕过度的反应。发病时我一个人在家，可正因如此，它反倒没引起我任何重视。我甚至都没叫女仆来，只是自己忍耐了一阵，不久就缓了过来，于是没有告诉任何人。

菜穗子，当你独自在O村得知森先生去世的消息时，又该受了多大的冲击呢？我想，那时的你应该想了很多吧！相比为自己考虑，你也许替我想的更多。不难想象，你一定一面担心我被这一消息打垮却仍旧默默忍耐的可怜相，一面痛苦地独自思索。但你始终死死地守着沉默，甚至没有像之前那样敷衍了事般地寄一张明信片来。不过我反而觉得这样更好，甚至觉得这一变化再自然不过。我以为，森先生既已不在人世，我与你也就终将迎来心无桎梏地谈论起他的那天。就在不久的将来，我们一起住在O村，一定会有一个适合谈起这些的傍晚。但八月过半，我好不容易处理完那堆杂务，才知道你为了与我错开，已不动声色地提前回到东京，这时候我终于忍不住有些生气了。我觉得，你是特意借此明白地告诉我，我们母女的不和已经无可挽回。

我们在平原正中央的某个车站与车站之间擦身而过，我代替你住进了山中小屋，在O村请了几位上了年纪的男仆。你也坚持自我，固执地独自生活，自那以后一次也没来过。于是，那年秋天之前我们再也没有见过面。整个夏天，我几乎一直在那深山的家中闭门不出。八月，村里到处是三两成群来散步的学生，穿着白底碎纹的衣衫。看见他们的身影，我连村子都懒得进了。九月，学生们走了，霖雨又如约而至，就是想出门也没法出去。男仆们看着我百无聊赖的模样，似乎私下里也有些担心，但这如大病初愈般的生活状态其实深得我心。偶尔我会趁着仆人不在去你屋里，看看你随便摆在屋里的书，或是窗外的杂树林。我顺着每一根树枝看过去，想象刚刚过去的那个夏天，你住在这间屋里的时候，都在想些什么。我努力想要读懂这一切，却总有某种无法言说的情感充斥心头，不知不觉就在你的屋里待上很久……

又过了一段时间，雨终于停了，日子开始有了秋天的模样。连续数日埋在浓密大雾里的群山和远处的杂木林忽然在我眼前现身，却已是一半泛黄了的模样。我的情绪多少缓和了些，早晚经常去四周的树林里散步。不得不闷在家里的那些时日，我自然感激上天赐予我一段宁静的时光，在树林里散步的日子我也很喜欢，似乎能忘却一切烦忧。想想自己此前竟然过得那么阴郁，我简直觉得不可思议。我想，人可真是任性的动物。我平时总喜欢到山边的落叶松林里去，这片林子笔直地往远处延伸，树林的交接处净是芒草浅红色的穗子，其间不时露出浅间山清晰的褶皱。我知道林子的尽头紧挨着村庄的墓场，有一天，我带着好心情散步，不知不觉走到墓场附近，林子里竟突然传来人声，我吓了一跳，慌忙折返。正是彼岸[1]最当中的那天，回去的路上，林间的芒草丛里突然钻出一位中年女人，看她的样子不像是当地人。对方见了我的装扮好像也很吃惊。

1 春分周、秋分周。以春分日、秋分日为中间日的各七天，亦指这期间做的佛事。

她是村子旅馆里的阿叶。

“今天是彼岸节，我一个人过来扫墓。心情很好，就溜达了很久，一直没回家。”阿叶微微红着脸，不经意间笑了笑，“已经有好长时间没这么悠闲过啦……”

阿叶有一个长年患病的独生女，好像和我一样几乎不太出门，所以这四五年来我们仅仅是偶尔从别人口中听到对方的传闻，很少有过像今天这样的碰面。因此我们感到难得而亲切，站着聊了很久才依依不舍地道别。

我独自走上回家的路，不住地想起方才道别的阿叶。与几年前见她那次相比，她似乎老了许多，行为举止却透着十足的女人味，很难相信我们只差五岁。仅仅据我所知，她这些年遇到的净是不幸的事，再好强的人，只怕也无法像她那样纯粹而淡泊。这一切都令我大感震撼。与她相比，我们都该感谢命运对自己的仁慈，我们总为一些鸡毛蒜皮的小事难过个没完，好像不难过就对不起自己一样——我隐隐觉察到，这样的自己太不正常。

还没走出林子，太阳就已西斜。我突然在心里做了一个决定，不由得加快了回家的脚步。一到家，我就爬上二楼，从自己房中的西式柜深处取出这本日记。最近这几天，太阳一没入山头，空气马上就变得冷飕飕的。每个傍晚出门散步前，我都会请老男仆提前将壁炉里的火生好。可唯独这天，男仆有其他事要办，把生火的事耽搁了。我恨不得立刻把这本日记扔进壁炉，却不得不坐在旁边的椅子上，将日记随意卷在手中，焦躁不安地看着男仆将火一点点生起来。

男仆头也不回，只是默默地拨动柴火，任我在一旁焦躁。在这位纯朴善良的老人眼中，此时此刻的我大概还是平日里那个安静的夫人。我回来前，在这个家独自翻着书本度过整个夏天的你，在他眼中大概也永远是一个安静的女儿。尽管于我而言，你是个让我那般束手无策的女儿。原来对这些纯朴的人来说，我们永远是“幸福的人”。无论我们怎么解释，他们大概也不会相信我们母女的关系有多恶劣……那时我忽然就这么觉得了。其实在这些人——这些所谓单纯的旁观者的眼里，也许“幸福的夫人”才是我最生动的样子，也只有那个我才真实存在于这个世上，而不断被生之惶恐威胁的我，莫非只是任性的我凭空捏造的一个空壳而已……从今天见到阿叶的那一刻起，这种想法便在我心中生根发芽。阿叶心里的那个自己究竟是什么样子，我并不知道。可在我看来，依她那样好强的性格，说不定觉得自己背负的命运根本没什么大不了。恐怕在谁看来都是一样。想来只有那个所有人都看得清楚明白的模样，才是一个人在世界上真正的模样。若是如此，那么纵使我前半生就与丈夫死别，此后的人生不得不与寂寞相伴，可我好歹也将两个孩子抚养成了优秀的大人——坚强而踏实的寡妇，这才是我原本的姿态。至于我其他的样子，特别是这本日记里充满悲剧色彩的模样，不过是我一时兴起描绘出的虚像。只要这本日记不存在，日记中的我也就会从这个世上永远消失。是啊，这种东西就该一咬牙给烧掉才是。现在马上烧了它吧……

这就是我傍晚散步回来后做的决定。可即使如此，男仆离开之后，我又像错失了良机一般，呆呆地攥着那本日记，迟迟没有把它扔到火里。我已经开始反省了。我们这样的女人，无论想起什么，只要在想起来的瞬间去做，那么即便是自己平时做不到的事也能完成，之后还能编出无数这样做的理由。可一旦有时间设想，便会对一切都犹豫不决。那时，我已决心将日记扔进火里，却又突然觉得，若能抱着现在这样清醒的心态，将它重读一次，弄清楚长久以来究竟是什么让我痛苦，再烧掉它也不迟。可我这样想着，却怎么也提不起精神来重读它。于是我就将它原封不动地搁在壁炉上，想着晚上也许会想拿过来读一读。可到了深夜，我只是在睡前将它带进自己的房间，把它放回老地方。

这件事发生后没过两三天，一个傍晚，我像往常一样散步回来，竟见到你靠在我平时坐的那张椅子上，不知道是什么时候从东京回来的。壁炉里的火刚刚生好，发出毕毕剥剥的声响，你正目不转睛地守着它……

那个夜晚，我们进行了一场不太愉快的谈话。它和第二天早晨突然出现在我身体上的显著变化一道，给我日渐衰老的心一记重创。随着记忆逐渐远去，那段过往在我心里变得清晰起来。又过了大约一年，今天晚上，我在这深山里的家中，在同一个温暖的壁炉前，再一次摊开这本曾决意要烧掉的日记。这一次，我准备真诚地怀着赎罪之心面对自己犯下的错。我将在静候死亡到来的为数不多的时日里，不断鞭笞自己孱弱的内心，努力将发生在那天的事巨细无遗地记录下来。

你坐在壁炉旁，瞪大了眼睛看着我向你走来，像是有些生气，一句话也没有说。我也不管不顾地沉默着，搬过一把椅子，不慌不忙地坐在你旁边，就好像我们昨天排演过这一幕一般。说不上为什么，我很快便从你的目光里读出了苦楚，几欲开口说出你希望我说的话。可与此同时，你的神色里又闪着一股冷峻，将我已到嘴边的话硬生生地冻结。如此一来，就连你为何来得这样突然这种简单的问题，我都已问不出口。你似乎早已打定主意，在我自己找到答案之前绝不会主动开口。后来好不容易和你三言两语地交谈起来，话题也全集中在杂司谷那边的人身上，除此以外再无他话。你我并排坐着，像例行日课一般默默盯着炉火。

日落西山，可我们谁也不曾起身点灯，照旧对着壁炉。外面一点点暗下来，火光照着你默不作声的脸庞，光影的对比越发强烈，时而炉火闪动，光影也跟着摇曳。你越是面无表情，我越是能感受到你心里的动摇。

我们相对寡言地吃完这山里人家特有的朴素饭食后，又重新回到壁炉前。你不时合起双眼，看上去疲惫又困倦。就这样坐了很久，你突然提高声调说起话来。不过仍然刻意压低嗓子，像是不想让男仆们听见。果然像我隐约猜到的那样，话题关系到你的姻缘。你那住在高轮的伯母之前为你说过两三次媒，我们都没当回事，今年夏天，她又来找我说了一门亲。那时森先生刚在北京去世，我根本没有心思听她说这些，她却不厌其烦地来了两二次。最后我终于不耐烦了，就跟她说你的婚事已交给你本人做主，打发她走了。但八月份时她一听说你和我前后脚启程，自己回了东京，便径自去找你说了亲。还巧妙地用我当时那句“已将婚事交由你做主”当挡箭牌，向你发动了攻势，说你太任性了，并且说我也觉得你之所以拒绝所有的亲事，都是因为任性。我的那句话原本丝毫没有那样的意思，这你本该是再明白不过的。即使如此，当时的你似乎还是因伯母侵犯了你的隐私而愤怒，将我毫无恶意的言语看成了对你的中伤。至少现在你和我说话的方式，让我隐约觉得你的愤怒也与我那句话有关……

话说到一半，你突然抬起头来看我，一本正经地问："关于那件事，您究竟怎么想？"

"这个嘛，我没有想法。那是你的……"每当你心情不好的时候，我和你对话时都是这样忐忑不安，但今天我说了一半便拒绝再说下去。看来一味地逃避已经过不了你这一关，今晚我就让你畅所欲言，我也把该对你说的话全都说完吧。我下定决心，无论你的攻势多么猛烈，我都会照单全收，奋战到底。于是，我把话继续说了下去，语气强硬得像对自己的鞭笞："……那我就说说真实想法吧。那位先生虽是独子，但他一直单身，老实巴交地和母亲相依为命。这一点我挺介意的。听你说来，那位先生似乎一直都对母亲的话唯命是从。他……"

没想到我会说这样一番强硬的话，你盯着即将燃尽的柴火，仿佛陷入了沉思。我们之间又沉默了一会儿。然后你像是立刻想到了什么似的，试探般地说了出来："这种老实巴交的人我反而更喜欢呢。像我这样性格强硬的人，适合我的结婚对象……"

我看着你，想确定你的话里有几分真心。你依然目不转睛地盯着燃烧的柴火，眼里却又好像什么都没有，目光空洞而笃定地看着身前那块地方。看你的样子，似乎在什么问题上钻了牛角尖。如果你方才说的那些想法并非故意惹我不悦，而是出自你的本意，那么我也不能对你敷衍了事了。于是，有一阵子我什么也没有说。

你补充道："我对自己再了解不过了嘛。"

我渐渐不知道究竟该怎么答复你，只好默不作声地盯着你看。

"最近，我一直觉得，不管男人还是女人，只要没结婚，迟早会反过来被什么东西困住……这些东西从头到尾都脆弱而善变。比如，为所谓'幸福的幻影'所困……难道不是吗？但我想，结婚以后，至少可以从这种虚幻无常的情绪中解脱……"

我一时跟不上你的新鲜想法。听你说着这些，我才发现你对自己的婚事有多么认真，这让我大为吃惊。在这一点上，是我对你的了解不够。可你刚刚说的那番对婚姻的见解，怎么也不像是一个未曾经历婚姻的人的感悟——在我看来，那完全是别人成熟的思想。想来这些年，你一直这样在我身边闷闷不乐地过日子，我们的心绪相互缠绕，彼此都不知该何去何从。也许是这种不安的思绪将你死死地缠住不放，才让你对婚姻有了这样的看法吧……

"你那种想法也有值得肯定的地方，但也不必因此就急着结婚……"我坦诚地说出自己的感受，"……你能不能……怎么说好呢？对，能不能再放松一点儿？"

火光在你的脸上投下阴影，一抹复杂的笑容从暗影中闪过。

"妈妈，您在结婚之前可曾是从容不迫的？"你突然问我。

"是啊……我当时算是很自在的。毕竟那时候的我才十九岁上下……从学校毕业后，家里因为穷，很快就把我嫁了出去，没让我远渡重洋，去实现母亲的夙愿。我当时可是开心得不得了……"

“您不是因为发现爸爸是个好人，才从容自在的吗？”

你的好爸爸自然而然地走入了我们的话题，我也久违地在你面前焕发出活力。

“你父亲真的很优秀，我都觉得自己配不上他。婚姻生活从始至终都很顺利，但我从不觉得是因为我命好。是你父亲让我相信，这些幸福都是我应得的。这就是你父亲的性格。刚结婚的时候，我还是个小姑娘。但他从最初开始，无论在什么场合，不光把我当作一个女人，更始终将我视为一个独立的个体去尊重。因为他的付出，我才渐渐有了生而为人的自信……”

“父亲真是个优秀的人……”连你的语气中也不知不觉地带了怀念的味道，“我小时候还总想着要做爸爸的新娘子呢……”

“……”

我沉默着，不由得浮起一个动情的笑容。但是我知道，在讲起这些陈年往事的同时，也必须和你说说你父亲在世时的一些事，以及他去世后的一些事。

可是，你却抢在了我的前面。这一次，你的声音沙哑，将矛头直接对准了我。

“那么，妈妈又是怎么看待森先生的呢？”

“森先生？”我慢慢将目光移到你身上，这意外的发问让我有些迷茫。

“……”

这次轮到你沉默着点头了。

“森先生和你爸爸根本就……你……”我含含糊糊地开口，

讲到一半，突然从你认真的问话中清楚地明白，为什么你坚持认为是森先生让我们母女不和的。你的父亲离世已久，却一刻也不曾从你的心上离开。那时的你焦躁不安，认为我背离了你心中母亲的形象。现在的你应该很清楚，那不过是你多心了。不过，那时候的我也做得不好，没能坦诚地告诉你事情的原委。那时还总有些东西混进来，我胡思乱想，总也没法把这么简单的事和你说清楚——这就是我唯一的过错。我知道，现在是时候把这件事说清楚了。我该给你，也给我自己一个解释。

“不，你以后不要再这么问了。现在我们都很明白，那些事其实都没什么所谓。我就当它是件无所谓的事来和你说说。森先生对我的希望，不过是一个可以和他说说话的年长女性。我这样不谙世事的女人说话不过脑子，有时反而让他深有感触。我和他之间不过如此，但在当时，森先生和我都没能意识到这一点。聊天对象就是聊天对象，但森先生却始终希望我以女性的角度来和他交流，这一点是不应当的。正因如此，我的处境才越来越尴尬……”我一口气说完这些，不得不闭起双眼——我的眼睛盯着壁炉里的火看了太久，此时隐隐作痛。少顷，我睁开眼，望着你的脸道，“我啊，菜穗子，活到现在总算没有女人味了。我等这一刻已经等了很久了……其实我很想等到这把年纪，再和森先生见上一面，跟他推心置腹地聊一聊，再做个最后的道别……”

你依然默不作声地对着炉火，笃定地看着眼前的一小片地方。火光在你脸上摇曳，显得你的神色难以捉摸。

沉默中，我方才略微抬高声音说的那些话仿佛在无尽的空虚中回荡，我忽然觉得很揪心。我迫切地想知道你此时的想法，问出了原本没想问你的话："你是怎么看森先生的？"

"我？"你咬着嘴唇，良久没有回答。

"我嘛，这话当着您的面，也许不太合适。但我对那样的人是想要敬而远之的。我会读他写的东西，因为他写得很有意思，但我从没想过要和他来往。像他那样的天才，觉得只要是自己想做的事都可以去做，这样的人，我可不希望他留在我身边呀……"

你的一字一句，都重重地打在我心上。我终于无计可施，只得再次闭上双眼。事到如今我才终于懂得，我与你的不睦让你失去了什么。你失去的断然不是对我这个母亲的信任，而是一个女人对人生之中最神圣的事物的信任。即使身为母亲的我还能回到你身边，你对人生的信赖却恐怕难以找回了……

夜似乎更深了，连小屋深处都冷透了。刚才便已就寝的男仆已经睡着了，大概是突然惊醒，从厨房传来年长者特有的咳嗽声。我们听到以后，不约而同地不再往壁炉里添柴。渐渐衰弱的炉火将我们的身体越凑越近，却也在不知不觉间将我们的心藏得更深……

那天晚上，我们回到各自的卧室时，十二点已经过了。但我格外清醒，几乎一夜没有合眼，整晚听着隔壁你房间里的床板吱嘎声。到了黎明时分，窗边仿佛已开始泛白，我终于松了口气，昏昏沉沉地睡了过去。不知道过了多久，我突然觉得有人站在自己床边，便下意识地睁开了眼。一个头发蓬乱、一袭白衣的身影渐渐清晰，我认出那是穿着睡衣的你。你见我终于认清了人，立刻用有些气愤的语气说：“我很了解您。但是，您却一点也不了解我。我的任何一面您都不了解……我只希望您能认清这一点事实。我在来这里之前，已经和伯母把昨晚说的事定好了……”

我一时间分不清这是梦境还是现实，迷迷糊糊地看着你，你也回望着我，目光里全是痛楚。我几乎是下意识地从床上撑起半个身子，好像没听明白你说的话，还想听得更真切些。

可那时，你已经头也不回地快步走了出去，消失在门后。

男仆们早已起床，楼下的厨房不时传出咔嚓咔嚓的声音。我本想立刻起身去追你，听到那声音又犹豫起来。

早上七点，我如往常一样穿戴整齐，走下楼去。下楼前，我侧耳听了一阵你房里的动静。整个晚上不时传来的吱嘎声现在一点也听不到了。我暗自想象，一个不眠的夜晚过后，你此刻正躺在床上，将脸埋在蓬松的乱发中，像每个年轻人一样睡得人事不知。不久，太阳将爬上你整张脸庞，温柔地为你拭干眼泪……我甚至可以想象到你邋遢的睡相。为了让你安睡，我蹑手蹑脚地走下楼，吩咐男仆等你起床再准备我们的早饭，然后独自走到院子里。

斜斜的阳光里秋意正浓，整个庭院树影婆娑。在我惺忪的眼里，夹杂在树影间的点点阳光清爽到难以言喻。我弯下身，坐在榆树下的长椅上。榆树叶已经黄透了，明媚的阳光美得让人怦然心动，清早醒来时那份沉重仿佛是上辈子的事。我怀抱着舒爽的心情，等着可怜的你起床。你出于对我的反叛，要做那样不计后果的事，我必须坚定地阻止你继续这样下去。其实我也说不清楚为什么你嫁到那家就会不幸，那只是我的直觉。究竟要怎么和你讲，才能让你明白这一点，不再自我封闭了呢？即使从现在开始一句句地准备，也未见得能把我的想法都说给你听——倒不如不做一切准备，等着与你面对着面，完全忘我地交谈。到时候心里想到什么就说什么，也许反而能打动你的心……这么一想，我便刻意不再去考虑这件事。头顶金黄色的榆树叶簌簌作响，不断在我肩头洒下细碎的阳光。我正享受着难得的舒爽，却感到有什么东西狠狠地攥住了我的心脏。这已经是第几次发作了？这一次，疼痛没有马上停歇，它绵长到让我纳闷到底发生了什么。我双手按住长椅，勉强撑起半个身子，手上却突然没了力气。

## 菜穗子的追记

妈妈的日记到这里便中断了。日记最后记录的那件秋日里的小事发生后整整一年，还是在这座山中小屋，妈妈不知想到了什么，突然又将日记续写下去。可她的心绞痛却偏偏在此时再次发作，她就这样一病不起。这本日记是男仆发现的，当时妈妈已经失去了意识，而它就躺在妈妈身旁，日记的内容刚开了个头。

得知妈妈病危，我惊慌失措地从东京赶来。妈妈去世后，男仆将本子交给了我，我马上就看出这似乎是妈妈在去世前的几天写的，但那时的我怎么也无法静下心来读它。我把它留在了O村的小屋中。几个月前，我已经不顾妈妈的反对结了婚。那时的我正为开辟自己新的人生道路而埋头苦战，重拾已被自己亲手埋葬的过去，对我来说未免太过残酷……

第二次来到O村的家，一个人整理妈妈留下的东西时，我才翻开这本日记。距离上次回到这里不过半年，可妈妈对我困苦未来的预言我已深有体会。带着一半对妈妈的想念，和一半对自己的悔恨，我拿起了这本日记。才读了一个开头，便发觉自己又回到了日记里描绘的少女时代。读着妈妈写下的一字一句，我仍旧无法控制心中那小小的反叛。事到如今，我还是不能接纳日记中的这个妈妈——妈妈啊，就像您在日记中写的一样，过去的我躲避您的原因，正在您自己身上。因为那个烦恼的我，其实只存在于您的心里。现实中的我根本就没有为那些事那样痛苦或烦恼过……

我不禁在心中呼唤着妈妈，无数次想要放下日记，最终还是把它读完了。但就算读完了，翻开第一页时满心的愤懑依然在我心中萦绕。

待我恍然回神，已经拿着日记走到了那棵大榆树底下。前年秋天的那个早上，妈妈就是坐在这里等我时第一次病发。现在还是早春，榆树上没有一片叶子，只剩下当初那条原木长椅，已经残破不堪，却还留在原地。

就在我认出母亲那条破长凳的瞬间，我发现读完日记的自己开始以一种难以言喻的方式向母亲同化。与此同时，却又对这份同化几近厌恶。我恨不得立刻把手中的日记埋到榆树底下。

# 菜穗子

# 一

“那果然是菜穗子。”都筑明不由得停下脚步，回了头。

两人迎面走来时，他就觉得那人和菜穗子很像，却又好像不是。及至他们擦肩而过的瞬间，他又突然觉得，那一定就是菜穗子。

都筑明在人潮汹涌的街上止步不前，目送那位穿着白色毛外套的女人和她身旁丈夫模样的人走了很远，渐渐消失在人海中。那女人走出去不久，仿佛也终于察觉刚才从身旁走过的人自己好像认识，转过头来，似乎是在往他这边看。她丈夫像是也好奇地回了下头。此时的都筑明正呆呆地伫立着，一个过路人撞到他的肩膀，个子高挑的他禁不住打了个踉跄。

等都筑明好不容易稳住身形，刚才那两个人已经没入了人群当中。

几年不见，菜穗子不知怎的，好像很是憔悴。她裹着白色毛外套快步走在街上，她的丈夫比她还矮，走在她身边，而她好像一点儿都不予理会，只是两眼直视前方，若有所思。她丈夫好像对她说了几句话，可她只瞟他一眼，挤出一个满是不屑的微笑——都筑明一眼就从人群中看到这两个人朝自己走来，一想到那女人应该是菜穗子，心中骤然一阵悸动。他向前挪步，目光锁定在那位穿着白色外套的女人身上，看见对方也有那么一瞬用讶异的神色回望。可那空洞的目光又好像只是随意回头望望，根本没注意到自己。即使如此，都筑明仍是受不住那双没有焦点的眼睛，不禁移开了视线。然而就在他移开目光、漫不经心地看着别处的时候，菜穗子到底还是没认出近在眼前的他，就这样和自己的丈夫一起，与他擦肩而过了……

都筑明在街上走着，久久不能释怀。他忽然不明白自己为什么要继续一个人朝着与他俩相反的方向走下去了。在人群中穿行仿佛突然失去了意义。之前的每个晚上，他从建筑事务所下班后都不直接回到自己在荻洼[1]的住处，而是先去银座[2]的人山人海中无所事事地消磨几个小时才罢休。在这一刻以前，他好歹有一个目的，可如今的一切却像是在告诉他，那个目的已经永远地不可企及了。

三月中旬的傍晚，他站在街头，春寒夜凉，暮霭沉沉。

“不知怎的，菜穗子看上去不太幸福啊。”都筑明思忖着，迈开脚步向有乐町车站走去，“不过，瞎琢磨这些的我更不对劲。好像她不幸福才更合我意一样……”

1 位于日本东京都杉并区。

2 日本东京中央区的一个主要商业区，长久以来以高级购物商店闻名，是东京的代表性地区。

## 二

都筑明去年春天从私立大学的建筑系毕业，一直在一家建筑事务所工作。他每天来往于荻洼的宿舍和位于银座某大厦五层的建筑事务所，一丝不苟地做着医院或大礼堂的设计工作。这一年来，虽说他常把自己的全部投在设计工作上，却不曾从中品尝过由衷的喜悦。

“你在这儿干什么呢？”总有一个陌生的声音，常常在他耳边低语。

前一阵子，他意外地在街上遇到了菜穗子，那个原已决心再也不想起的人。他无法把这件事说给任何人听，只将深深的触动留在了心里，再也不能忘怀。人山人海的银座、傍晚时分的气息、她身边那个看来是丈夫的男人，一切都还历历在目。当然，还有菜穗子——那个白色毛外套裹身、眼神空洞地走过大街的人。特别是她呆愣而空洞的目光，即使是现在回忆起来，他仍然不得不移开视线。回忆深刻而清晰，让人隐隐作痛。有一天，都筑明突然从一件小事想起，菜穗子以前就有一个习惯：一旦遇上什么不顺心的事，眼神就会变得空洞，不管当着谁的面都毫不遮掩。

“是了，上次我之所以觉得她恐怕并不幸福，也许就是因为她那眼神吧。”

都筑明想着这些，暂时放下手里制图的活儿，透过事务所的窗户，怔怔地望着城市的屋顶和远处半阴的天空。没曾想，快乐的少年时代此时突然在脑海中复苏，他再也无心工作，无可奈何地任自己陷入回忆之中……

都筑明七岁的时候父母双亡，被单身的姑妈收养，姑妈在信州的O村有一幢小小的别墅。在他灿烂的少年时光中，最值得怀念的便是O村和在村里度过的几个暑假，以及姓三村的邻居——特别是与他同岁的菜穗子。都筑明和菜穗子经常去打网球，或是骑单车到很远的地方。但其实从那时起，本能地渴望做梦的少年和偏要从梦中醒来的少女，便已经在O村这片天地里你躲我藏，一本正经地玩起了捉迷藏的游戏。而少年，总是游戏中被丢下的那一个……

那是一个夏日，知名作家森於菟彦突然出现在他们面前。与O村比邻的村庄是高原避暑胜地，作家来此稍作休养，住在村中的M酒店。三村太太在那家酒店偶遇这位老相识，两人天南地北地聊了很久。两三天后，作家冒着O村午后的大雨来访。雨后，菜穗子和都筑明陪他去村里散步，那时家家户户都在养蚕。他们在村头道别，别离却充满了期待，令人愉快——只是这样简单的相遇，却让本已厌倦了人世孤独的作家突然返老还童，他似乎异常兴奋。

第二年的夏天，这位孤独的作家来邻村的酒店休养，其间又出其不意地来到O村。从那时起，三村太太身边便环绕着某种悲伤的情绪。不知怎的，这份悲伤引起了都筑明的好奇，他将注意力都放在了三村太太身上，丝毫没有察觉同样的情绪也影响了菜穗子。原先还是活泼少女的菜穗子转瞬间变了样。都筑明好不容易才注意到菜穗子的转变，菜穗子却已经走到了他不可企及的地方。那段时间里，这个好强的少女独自熬过了无法与人言说的苦楚，已经回不到她原本的模样了。

都筑明灿烂的少年时光，大约就是从那时起，突然阴霾四起。

一天，所长推开了事务所的门，走到他的身旁。

“都筑君。”

看见都筑明阴沉的脸色，所长像是吃了一惊。

“你怎么脸色苍白，是不是哪里不舒服？”

“哦，没什么。”都筑明回答，不知为什么显得有些不好意思。所长用探寻的目光打量着他——之前工作的时候不是比现在专心致志得多吗，今天怎么这么没有热情？

“别太勉强自己，搞坏了身子就不值得了。”接着，所长说了一句出人意料的话，“我给你放一两个月的假，你回一趟乡下怎样？”

“其实，与其给我放假——”都筑明有些尴尬地开了口，却立刻在脸上扯起他那富有感染力的特别的笑容，冲淡了这份尴尬，“不过，去趟乡下也挺好。”

像是被他的笑容所打动，所长也笑了起来。

“做完手上的工作，你就去吧。”

“嗯，那我就这样安排了。我本来以为这种事情是轮不到我的呢……”

都筑明刚才本已狠下心来，要开口向所长辞去这份工作，话说到一半却又收了回去。他回话的时候还在暗自思忖——若是辞去了现在的工作，自己是否还有马上走向崭新人生的力气。他发现自己根本没有把握，于是突然觉得听从所长的建议也不错，姑且先找个地方休养一下，说不定自己的想法也会有变化的。

屋里只剩下都筑明一个人，他又恢复了沉郁的神色，目送好心的所长离去，目光中充满了感激。

## 三

三村菜穗子是在三年前的冬天结婚的，那时候她二十五岁。

结婚的对象名叫黑川圭介，比她大十岁，毕业于高等商业学校，在一家商事公司上班，是一个平庸的男人。圭介长年单身，与已经守寡十年的母亲相依为命。他的父亲生前是银行家，在大森[1]的一处山坡上留下一栋老房子，母子俩就在这房子里过着朴素的生活。几棵锥栗树围着这套房子，枝条舒展开来，像是在保护着这对母子在人世间平淡的生活与安宁。看到这些树，圭介总是不由自主地想起生前喜欢种树的父亲。每天傍晚，圭介下班回家，夹着公文包爬上山坡，看见自己家的锥栗树，就莫名觉得如释重负，同时不由自主地加快回家的脚步。晚饭后，他便把晚报摊在膝头，隔着长方形的火盆与母亲或新婚妻子聊家常，一聊就是几个小时——刚结婚时，菜穗子似乎对这种平静得索然无味的生活没有什么不满。

1 地名，位于日本东京都大田区。

不过菜穗子之前的朋友们，都很不理解她为何要选这样一个平庸的男子做自己的婚姻伴侣。他们当中没有一个人知道，她这样做是为了摆脱长久困扰自己的不安——两人结婚快满一年，菜穗子仍未觉得自己做了错误的选择。尽管夫家的生活如此平淡而疏离，于她而言，这个家却是再好不过的避难所。至少在当时，她是这么认为的。然而，就在第二年秋天，她的母亲——因为菜穗子的婚事深受打击的三村太太，突然因心绞痛去世。菜穗子忽然感到自己的婚姻生活渐渐失去了以往的平静。并不是因为她无力经受这一如既往的饱含疏离感的生活，而是她发现，再也没有了即使欺骗自己也要坚持下去的理由。

尽管如此，起初那段日子，菜穗子虽已极力忍耐，但还是如往常一样若无其事地打发日子。丈夫圭介照样每天晚饭后不离茶桌，和母亲唠着家常消磨掉几个小时，总把菜穗子置于话题之外，几乎对她毫不关心。可圭介的母亲到底是个女人，不可能一直注意不到菜穗子近来的烦躁不安。儿媳妇对生活现状的不满（虽然她还未知晓个中原因），最终可能会给全家笼上一层沉重的情绪——这是她最担心的。

这阵子，菜穗子到了半夜还辗转无眠，总是咳个不停。她一咳嗽，隔壁房间里圭介的母亲便马上惊醒，随后就很难再入睡。若是被圭介弄出的响动或其他声音惊醒，母亲则似乎总能马上入睡。这一切菜穗子都一清二楚，她把每件事都铭记在心。

菜穗子像每一个寄人篱下、永远无法随心所欲的人一样，每当这样的事发生，都不得不品尝撕心裂肺的痛苦——结婚以前就潜伏在她体内的病魔就这样渐渐肆虐起来。她一天比一天消瘦，不知从何时开始，婚前本已消失殆尽的类似乡愁的情绪反而在她心里生根发芽，越长越高。然而，对这一切尚不自知的她，似乎还打算一忍再忍。

三月的某个傍晚，菜穗子和丈夫一起去银座办事。不经意间在人群之中看到一个高个子，很像自己儿时的玩伴都筑明。那人像是受了什么打击，神情沮丧却依旧让人怀念。对方好像从一开始就认出了她，但当菜穗子终于想起对方是谁的时候，两人早已擦肩而过。她回头找寻的时候，都筑明高高的个子已经消失在人海的浪潮中。

对菜穗子来说，这不过是一次无足轻重的邂逅。可从那以后，日子一天天过去，她越发强烈地意识到，只要与丈夫一同外出便不开心，连她自己都觉得莫名其妙。最让她吃惊的是，她慢慢清楚地意识到，这种不开心来源于她对自己的某种欺骗。近来，她时常在下意识里混沌地感受着这种说不清道不明的不愉快，但不知道为什么，从见到都筑明孤独的身影的那一刻起，这种感情就猛然浮上了意识的水平线。

# 四

所长叫都筑明去乡下一趟的时候，他立刻就想起了信州的O村，那是他曾度过好几个夏天的地方。现在那里可能还很冷，山里也许还在下雪，一切都是崭新的——山间早春的风物充满了未知，比什么都吸引他。

都筑明想起来，在这座早前是驿站的古老村庄里，曾有一家名叫牡丹屋的大旅馆，以前的学生们夏天都在那里住宿。他寄信去问，很快收到了回信，说是随时都可以去住。于是四月初，都筑明正式休了假，决定踏上信州之旅。

他坐上信越线，火车穿越遍是桑田的上州，终于驶入信州。风景骤然变换，一派山国景象映入眼帘：冬寒中的草木萧瑟枯萎，山的背阴处还堆着斑斑积雪。将近傍晚时分，都筑明在一个车站下了车。车站在一个小小的峡谷里，紧挨着浅间山。这里刚刚化雪，浅间山露出赭红色的山岩，显得颇不自然。

从车站到村子，一路上的风景一成不变。都筑明看在眼里，感到无可言说的寂寞。景色未变，他却再也回不到从前。但这不是让他感到寂寞的唯一原因，而是从前到现在，风景本就一直是寂寞的——从车站出发的坡道，不时辉映着傍晚火烧云的路边残雪，林子旁边一栋仿佛被人遗忘、几近废弃的小屋，无边无尽的森林，预示着森林终于走过一半的某条岔道（其中一条通往村子，另一条则通往都筑明少年时度过夏天的林中别墅……），还有刚走出森林便深深印在旅行者眼中的风景——一座在火山脚下平缓的原野上，斜斜地缩成一团的小山村……

都筑明在O村宁静而略有恍惚的生活，就这样开始了。

山国之春姗姗来迟。林地几乎还是光秃秃的，但在树梢间跳来跳去的小鸟们已经有了属于春天的矫健。临到傍晚，附近林子里已常常有山鸡啼叫。

牡丹屋的那些人都还记得少年时的都筑明和他几年前辞世的姑妈，待他很是周到。年逾七十的老板母亲、腿脚不便的老板、从东京嫁过来的年轻老板娘，还有离了婚重回娘家的老板的姐姐阿叶——少年的时候，都筑明就经常听到这些人的故事。尤其是老板的姐姐阿叶，听说年轻时貌美如花，被人看中，嫁到了有名的避暑胜地邻村堪称一流的M酒店。但她实在喜欢不上那里，一年多后自己跑了出来。因此都筑明自少年时便对阿叶有一种不自觉的关心。但他却是这次住在这里时，才知道阿叶有一个今年就要十九岁的女儿初枝，七八年前得了脊髓炎，从此卧床不起……

对这样一位拥有许多过去的美丽女人来说，阿叶现在平庸的样子未免也太无所谓了。可虽然已经年近四十，她在厨房勤勤恳恳地忙碌时，举手投足间却还像个小姑娘。没想到在这山乡之中还有这样的女子，都筑明倍感亲切。

火山的雄姿仍能透过林木的枝条看得一清二楚，它和森林一起，日复一日地恢复生机。

来到这里已经一周了，都筑明走走看看，已几乎转遍了整个村庄。那栋他住过的林中别墅，他也去了好几次。姑妈去世后，她的小别墅十有八九已经易主。至于邻居三村家那栋院子里有一棵大榆树的别墅，这几年像是也一直没人来住，门窗都钉得死死的。过往夏天的午后，大家经常聚在那棵榆树下。如今树下的长椅埋在无数落叶中，歪着半个身子，眼看就要散架。直到现在，都筑明还能清晰地回忆起在榆树荫下度过的最后一个夏天——那年夏末，森於菟彦突然来访O村，之前听说他下榻了邻村酒店。那之后不久，菜穗子却忽然回了东京，没和任何人打招呼。第二天，都筑明才在这棵树下从三村太太口中听闻这个消息。少年深信菜穗子是因自己离去的，他慌张不已，心烦意乱中下定决心问道："菜穗子走之前有什么话留给我吗？"

"嗯，她什么都没说……"三村太太注视着他，目光暗淡而深沉。

"她就是这个脾气……"少年拼命掩饰自己的情绪，用力点点头，一声不响地起身离开了——那是都筑明最后一次去院子里有大榆树的三村家。第二年，姑妈去世，自那以后，他再也没来过这个村庄……

不知道是第几次了，都筑明坐在那张塌了半个身子的长椅上，一边在心里回想最后的夏日的场景，一边再次想起那永远不会再回头望的少女。他猛然起身，决定从今往后再也不到这儿来了。

不久，富有春天气息的阵雨来了，每天总要下上一两场。天，都筑明在远处的森林里，遭遇了一场伴着电闪雷鸣的暴雨。

他从头到脚都湿透了，发现林子里的空地上有一间茅草小屋，立刻狂奔进去。原以为是谁家的仓库，可屋子里面一团漆黑，似乎空荡荡的。小屋内部比想象中要深，他摸索着下了约莫五六级台阶，里头的空气凉丝丝的，非同寻常。都筑明不由得打了个冷战。但让他更吃惊的是，好像已经有人先他一步在这间小屋深处躲雨了。他的眼睛渐渐适应了屋里的光线，发现这里还有一个女孩儿，此刻正因为自己这个不速之客而缩在屋子的一角。

“这雨下得真大啊！”都筑明看见对方后，不好意思地自言自语着。他转过身背对着女孩儿，不停往屋子外面看。

可是，雨越下越厉害了。雨水冲刷着小屋外面火山灰质的土地，屋外渐渐形成一道泥泞的水流，眼看着便冲走了落叶和折断的树枝。

塌了一半的茅草屋顶上，许多地方开始漏雨。都筑明没法儿一直站在那边，只得一步步往后退。他和姑娘的距离一点点拉近了。

“这雨下得真大啊！”都筑明将刚才说过的话原封不动地用更高的声调又说了一遍。

“……”姑娘似乎沉默着点了点头。

离得近了，都筑明才看出姑娘是村里名叫“棉屋”的那户商铺家的，名叫早苗。姑娘好像在这之前就已经认出了他。

认出姑娘之后，都筑明觉得两个人在这昏暗的小屋里沉默地待着更让他觉得尴尬。于是他又略微提高了声调，试着问那姑娘：“这间小屋到底是干什么用的？”

可是姑娘不知怎么扭扭捏捏的，迟迟没有回音。

“看样子也不像是一般的仓库……”都筑明的眼睛彻底适应了黑暗，他将整间屋子环顾一番。

这时，姑娘终于轻声开口道：“是冰室。”

依然有雨水不停地从茅草屋顶的缝隙里落下，但雨总算是渐渐停了。外面比刚才亮多了。

都筑明一下子放松了许多：“原来这就是所谓的冰室啊……”

以前这里刚通铁道的时候，一些村民每到冬天便采来天然冰存在这里，到了夏天再将冰运往各地。后来大型制冰工厂在东京成立，采天然冰的人也就越来越少，大部分冰室都被直接废弃，遗留在各个地方。现在的林区兴许还有几处残留——都筑明以前常听村里的人说起，这次还是头一遭见到真的冰室。

“有种马上就要塌了的感觉……”他说着，又一次仔细打量整个小屋的内部。茅草屋顶的缝隙里刚才还滴着雨，此刻突然有拉成细丝的阳光探了进来。姑娘颇感意外地循着光线抬头，那张脸十分白皙，不似村里人寻常的模样。都筑明在一旁偷偷瞧着，有那么一瞬，他觉得姑娘很美。

两个人一前一后地走出小屋，姑娘手里提着一只小篮子跟在后头，原来是刚从林子对面的小河边摘水芹回来。他们走出森林，便没再说一句话。两人忽前忽后地穿过桑田，往村子的方向走回去了。

从那天起，都筑明便喜欢上了那片有冰室的林中空地。他每天午后都到那里去，躺在破败的冰室后面的草丛中，远望对面树林的枝叶掩映下近在眼前的火山，看多久都不厌倦。

到了傍晚，棉屋的姑娘摘水芹回来，总会从他身前经过。两个人便站在那里聊几句再走，这成了他们的习惯。

## 五

再后来，不知从何时起，都筑明和早苗每天午后都要一起在冰室后面待上几个小时。

在一个有风的日子里，都筑明发现姑娘的耳朵有点儿背。森林里的树木终于开始抽芽，时而有风呼啸而过，无数枝杈随之摇摆，枝头似乎有嫩芽闪着银色的光芒。每当此时，姑娘都露出格外庄严的神情，好像在努力听着什么。此时的都筑明总是心头一惊。对他来说，哪怕两个人一直不怎么交谈也没有关系，仅仅是能见到这姑娘就已足够。他觉得，与其穷尽自己想说的话，不如两人在沉默中谱写更深刻的故事。只有不掺杂任何欲求的交往才是最美好不过的。他想，这样的道理应该也让对方知道才好……

早苗虽然不太了解都筑明的想法，但她发现，只要自己不小心说了多余的话，对方马上就心情很糟地别过头去。于是多数时候，她都不太开口说话。她一开始不明白这是怎么回事。都筑明下榻的牡丹屋和她家虽然是亲戚，但一直关系不好，所以姑娘起初以为是自己无意中说到阿叶他们的事情，惹得都筑明不高兴。可是她发现，谈到其他事情也是一样，无论说多少话，对方都照例沉默不语。只有当她说起少女时代的故事时，都筑明才乐意听她讲话。尤其是关于和她一起长大的阿叶的女儿初枝的故事，都筑明让她讲了好几次。初枝十二岁的那个冬天，在去村里的小学的路上，不知被谁撞倒在冻硬的雪地上，因此后来患上了脊髓炎。当时村里的很多孩子都在场，可到最后，竟没有人知道恶作剧的究竟是谁……

都筑明听着初枝小时候的事，不觉在心里描绘起好强的女子阿叶在众人背后孤单无助的模样。如今的阿叶算是彻底放弃了自我，牺牲了一切，仿佛只为女儿而活。可都筑明突然想起来，几年前，还是少年的他来这个村子过暑假的时候，就是那个阿叶，曾与一个法律系的学生传出过绯闻。说是那学生那年春天来她家温习功课，到了冬天还没有回去的意思，住在别墅里的人们都对此议论纷纷。原来阿叶也有过这么一个迷茫的时期——在都筑明的心中，阿叶的形象更加完整了……

都筑明在早苗身旁目光空洞地思考往事时，早苗不时拢过手边的草叶，抚弄着自己的脚踝。

两人常常这样待上两三个小时，到了傍晚，再分头回村里去。回去的路上，都筑明路过桑田的时候，经常碰到一个骑着自行车的巡警。那是一位年轻的巡警，负责在附近的各个村子巡逻，很有人缘儿。两人碰面时，都筑明总会向他微微点头致意。忘了什么时候，都筑明得知，这位看上去人品不错的年轻巡警正在热烈地追求刚和自己见过面的姑娘。打那以后，他对这位年轻巡警的特殊好感比从前又深了一些。

## 六

一天早晨，菜穗子要从床上坐起来的时候，突然剧烈地咳了一阵。她自觉这次咳出的痰有点奇怪，一看竟是鲜红色的。

菜穗子不慌不忙，自己将痰处理掉，像往常一样起了床，没跟任何人讲这件事。那一整天，她都显得波澜不惊。可到了晚上，菜穗子看着丈夫下班回家来，仍是一副无所事事的模样，就突然想为难一下他。于是待到两人独处的时候，菜穗子便偷偷把早上咯血的事情向丈夫和盘托出。

“哎呀，这点儿事没什么大不了的。”圭介嘴上这么说，却眼见着脸色都变了，看着怪可怜的。

菜穗子故意什么话也不说，只是目不转睛地盯着丈夫。她的目光让丈夫的话变得苍白无力。

丈夫把脸背了过去，避开菜穗子的目光，那些宽心的话终于是再也说不出口。

第二天，圭介把菜穗子生病的事情告诉了母亲，和母亲商量是否该趁早给菜穗子换个环境，不过没有提她咯血的事。他还补充说，菜穗子也表示愿意这样安排。他那古板的母亲听说要与近来一直愁眉不展的儿媳妇分居，能和儿子回归从前那种相依为命的生活，在圭介面前便掩饰不住内心的喜悦。可在街坊四邻面前，又怎么也不能松口，让生了病的儿媳自顾冷暖。最后还是为菜穗子看病的医生提出了一个让母亲接受的方案。根据医生的建议，菜穗子的新住处被定在信州八岳山麓的一处高原疗养院，她本人也同意如此。

一个薄云漫天的早上，菜穗子由丈夫和婆婆陪着，坐上中央线的火车，往疗养院去了。

下午，到了那家山脚的疗养院，圭介和母亲等到菜穗子以病人的身份入住到一栋住院楼二层的某个房间里，就趁着天还没黑，匆匆踏上归途。走进疗养院后，圭介的母亲似乎是有些害怕，一直弓着身子。而菜穗子那个懦弱的丈夫，只要母亲在场，就连话也不愿和她多说几句。临到送这二人离去，菜穗子还是不愿接受婆婆特意和丈夫一道陪自己来疗养院的事实。看那样子，婆婆不怎么担心自己的身体，反倒担心若是丢下圭介与患病的自己独处，会让圭介对自己再也放心不下。菜穗子审视着内心，没想到如今的自己竟连这种事都要去猜忌，这比眼下不得不在这山中的疗养院里独处更让她觉得寂寞。

这里才是最适合我的避难所——起初的那些日子，一个人吃过晚饭，凭窗眺望着森林和远山，寂静无声地送走每一个白天时，菜穗子总是这么想。就算站到阳台上，也只能勉强听到从附近村庄传来的声音，遥远得并不真切。不时有风从她身上吹过，风里翻腾着树海的香味，是这里唯一被允许的生机。

她曾经多么渴望有一个独处的空间，来反省发生在身上的巧合啊。直到昨天为止，她还在渴求这样一个场所，可以任凭不知从何而来的谜一般的绝望冲刷自己的心，直到自己满足为止——如今这个愿望已经彻底实现了。她再也不用勉强着听、勉强着欢笑，不用担心自己的表情和眼神有无不妥，想做什么都可以随心所欲。

啊，她竟在这孤独的中心获得了不可思议的新生——这样的孤独她简直求而不得。从前，在合家团圆的欢愉里，在婆婆和丈夫的身旁，她感到自己的心被无可言说的孤独束缚。如今，当她必须在这山里的疗养院独自求生时，却在这里初次尝到了生命的愉悦。生命的愉悦？这究竟是病痛的倦怠让自己对诸事都不再执着了呢，还是说，那只不过是生命拒绝被肆虐的病魔压倒，而衍生出的幻觉呢？

时光缓慢地推移，日复一日，并无新事。

实际上，在这孤独却无忧愁的日子里，菜穗子的精神和身体都在奇迹般地复原。可另一方面，随着生命的复苏，她渐渐不得不承认，这好不容易完全属于自己的灵魂，已经和她无比怀念的那个自己不一样了。她已不再是昔日那个年轻的姑娘，不再是孤身一人。纵使并非她的本意，但她已嫁作人妻。即使在这样孤独的生活中，往日沉闷的日常也失去了意义，早已不能左右她的一举一动，只是徒劳地描绘着空虚。现在的她依然像是在和什么人一起生活一样，会无缘无故地皱起眉头，或是扯起嘴角。她的目光时常自然而然地长久凝望着虚空，像是在责问某个让她不如意的人。

每当她意识到自己这副模样，便不住地告诉自己："再忍一忍……忍一忍……"可她自己也不明白，究竟该忍些什么。

## 七

五月到了。圭介的母亲偶尔会寄来长信问候，圭介本人却几乎从未寄过一封。菜穗子觉得这很符合圭介的作风，这样一来她也用不着考虑回信的事了。不得不给婆婆回信的时候，即使没有大碍，能够下床走动，她也故意躺到床上，仰着身子拿铅笔将字写得歪歪扭扭，用凌乱的笔迹掩饰自己的心情。倘若读信的人不是那样一位婆婆，而是坦率的圭介，菜穗子就不可能一直把这份孤独中尝到的重生之喜独藏心头了。哪怕只是为了让圭介难受，她也会提上一提……

“可怜的菜穗子。”一个人的日子很快活，可尽管如此，她也曾有过顾影自怜、自言自语的时候，“你就那么喜欢把身边的人推开、宝贝一样守着自己那块小天地的那个自己吗？你不是已经尝过苦头了吗？不惜一切地保护那所谓‘真正的自我’，日后才发觉，保护过的那些东西不知在什么时候，早已成了过眼云烟……”

她已经知道，这种时候，只要把目光移向窗外，就可以从这些违心的想法中挣脱出来。

窗外有风飒飒作响，忽重忽轻地翻弄着树海，不断地送来树叶的清香。“啊，这么多的树……啊，多好闻的味道啊……”

一天，菜穗子去看病时经过走廊，只见二十七号病房外有个穿白毛衣的青年，正双手掩面隐忍不住地抽泣。这个年轻人是陪自己重病的未婚妻一起来的，平时看上去挺稳重。几天前未婚妻突然病危，年轻人便红着一双眼睛来往于病房和诊疗室之间，走廊上总能看见他穿着白毛衣的身影。

“到底是不行啦！真可怜……”菜穗子这样想着，加快脚步从青年身旁走了过去，不忍再看他悲痛的模样。

路过护士室时，她心念一转，走进去一问才知道，就在刚刚，年轻女孩的病情突然有了奇迹般的好转，人也有了几分精神。一直安安静静地守在病危的未婚妻枕边、从未变过神色的年轻人得知这个消息，突然撇下未婚妻夺门而出。继而，门边传来他喜极而泣的抽噎，连屋里的病人都听见了……

菜穗子看完医生回来时，那个穿着白毛衣的年轻人还在病房门口。已经听不见他的哭声了，但他仍旧双手掩着脸站在那里。这一次，菜穗子不慌不忙地迈着大步从他身旁经过，她盯着年轻人颤抖的双肩，目光里盛满了不自知的贪婪。

那天往后的每一天，菜穗子都感到莫名的压抑。她满心满意地同情那个姑娘，一有机会就拉住护士，刨根问底地打听姑娘的情况。可是五六天后的一个半夜，年轻的姑娘突然咯血，撒手人寰。

那个穿白毛衣的青年也不知何时离开了疗养院。得知这一切时，菜穗子不由得觉得自己从那种莫名其妙的压抑中解放了出来，她亦根本不愿知晓这压抑的缘由。几天以来让她言不由衷的苦闷，似乎就此烟消云散了。

# 八

都筑明与早苗在冰室旁的幽会依然在继续。

可他却越发难以相处了，似乎连话都不愿让对方多讲，自己也几乎一言不发。两个人就这样肩并着肩，一起出神地望着从头顶飘过的小小云朵和杂木林中新生的嫩叶在阳光里闪耀的模样。

都筑明有时将目光投向姑娘，目不转睛地长久凝视着她。倘若姑娘无心中破颜一笑，他便怒形于色，扭过脸去。如今他连姑娘的笑容都不愿见，似乎只中意她那天真无邪的神色。姑娘也渐渐摸清了他的脾气，到后来，即使感觉到都筑明的目光，也佯装不知。她的肩头能感受到他的凝视。她觉得，他的目光在自己身上，却总像是透过自己，在看更远的地方……

不过，她却不曾见过都筑明的目光落得像今天这样远。她想，这也许是自己的错觉。姑娘已经想好，要在今天向他和盘托出自己这个秋天就要嫁作人妻的消息。她这样做不是想试探对方的想法，只是希望能向他倾吐，然后痛快地大哭一场。她只想以此向自己少女时代的一切做一个郑重的告别。因为她只有在和都筑明幽会的这段时间里，才觉得自己像个真正的姑娘。只要是都筑明，无论他提出的要求多么令她难堪，她都不会生气。她甚至觉得，都筑明越是这样做，自己就越有姑娘的样子……

从刚才开始，远处森林里的某个地方就一直传来树木倒地的声响。

“好像是有人在哪里砍树呢。那声音听上去可真悲凉！”都筑明忽然自言自语道。

“那一片森林以前都是归牡丹屋的，可是两三年前已经全都变卖掉了……”早苗轻描淡写地说完，便暗自思忖，自己刚才说的话会不会惹得都筑明不高兴。

可是都筑明什么也没说，继续望着虚空，只是眼睛里闪过一丝痛楚。他心想，如今就连这村子里最有渊源的牡丹屋，也只能把土地一点点让给别人了吗？可怜了那一大世家——跛脚的老板、老母亲、阿叶，还有她抱病的女儿……

那天，早苗到底没能说出自己的心里话。日薄西山，她撇下都筑明，自个儿恋恋不舍地先回去了。

都筑明像往常一样冷冰冰地送走了早苗，过了一会儿，才发觉早苗离开的时候似乎有些不舍，慌忙站起身来，走到一棵红松底下张望。从这里可以望见早苗沿着村间小路回家的背影。

于是，都筑明便在那条被夕阳染红的小路上看见了早苗和那位推着自行车的年轻巡警。两人像是在早苗回去的路上遇上的，若即若离地走着，两个身影渐渐变小，却一直都在那里。

“就这样吧，你即将回到你应该在的地方……”都筑明独自想着，“这其实是我一开始就希望的结局。可以说，我追求你，就是为了失去你。现在你即将离去，这使我不胜悲哀。可我需要的正是这种真切的痛苦……”

这突如其来的想法似乎令都筑明十分满意，他一副心意已决的模样，手搭红松，目送着沐浴在夕阳中的早苗和巡警，直到再也看不见他们的身影。一路上，那两人始终隔着自行车，若即若离地走着。

## 九

进入六月，疗养院允许菜穗子每天散步二十分钟。身体状况好的时候，她经常一个人到山脚下的牧场溜达。

那座宽广的牧场一直延伸到很远的地方。遥远的地平线上，错落有致的树林落下一丛一丛接近紫色的阴影。牧场尽头，十几头牛和马凑在一起，东游西荡地吃着青草。菜穗子沿着牧场的围栏走，起初，她一任不着边际的想法像牧场上飞舞的黄蝴蝶一样飘荡，可慢慢地，她总会考虑起每次都会想的那个问题——“唉，我为什么要和这样的人结婚呢？”

菜穗子一想到这个，就不管不顾地坐在草地上。她问自己，难道当时就没有别的路可走了吗？

“为什么那时候要那么慌不择路地遁入这段婚姻，好像它是自己唯一的避难所一样呢？”

她回忆起举办婚礼时的情景：她和新郎圭介并肩站在礼堂入口，向来祝福他们的年轻男宾们点头致意。那时她想，自己也可以和这些男宾中的任何一个结婚。可正因如此，此刻和自己并肩而立的、比自己还矮的新郎才让她感到某种心安。

“啊，那天我心里的那种平和，如今去了哪里呢？”

一天，菜穗子钻过围栏，在草坪上走了很远。差不多走到牧场正中央的时候，她看见一棵巨大的树，树的姿态里仿佛有种说不清的悲伤，掳夺了她的心。恰巧有成群的牛马在原野的尽头吃草，于是菜穗子小心避着那些牛马，决定尽可能走近那棵大树看个究竟。越走越近，菜穗子渐渐发现，这棵不知道是什么名字的树从根部分成两杈，一边还生着一簇簇的绿叶，另一边的枝杈却已完全枯死，看上去十分凄苦。菜穗子看看枝繁叶茂的树梢，树叶在风中摇曳闪光。她又看了看另一边枯弱得让人心疼的枝杈，心想：“想来，我也是这样活着的啊。一半的我已经枯萎了……”

她兀自被这想法感动着，往回走的时候，看见牧场上那些牛和马，也不再觉得恐怖了。

六月末的时候，梅雨季好像到了，天空总是阴沉沉的。菜穗子连续好几天都没法出门散步。纵使她喜欢孤独，这样无聊的日子也让人难以忍受。整个白天她都无所事事地等待太阳落山，总算盼到夜晚到来，让人窒闷的雨声又在窗外一如既往地响起。

这样一个略有寒意的天气里，圭介的母亲突然来探病。菜穗子得知消息后去大门口迎接，正赶上一位年轻的病人出院，其他病人和护士在给他送行。于是，菜穗子和婆婆也加入了送行的行列。旁边的一名护士悄悄告诉她，这位年轻的农林工程师为了完成未竟的研究，不顾医生的劝告，硬要下山去。“唉！”菜穗子不禁发出一声感叹，重新打量起那个年轻的男人。人群中唯有他换上了西装，乍看上去怎么也不像生病之人。但细看便知，他比其他那些手脚晒得黢黑的病人[1]还消瘦得多，脸色也很差，眉宇之间却洋溢着某种逼人的生机。菜穗子不由得对这位素不相识的年轻人有了一种好感……

“那边那些都是病人吗？”跟菜穗子穿过走廊时，婆婆有些讶异地问，“看上去个个都比普通人还精神呢！”

“他们其实都是病人，只是看上去还可以罢了。”菜穗子发自内心地站在病人那边，“一旦气压突然变化，那群人里马上就会有人咯血。所以，像今天这样聚在一起的时候，他们每个人都在想下一个倒下的不知是谁，说不定就是自己。大家彼此掩饰着这种不安，说他们精神，不如说是故意闹腾罢了。”

菜穗子尽管随着自己的性子给这群人下了定义。好像怕让婆婆以为她彻底好了，然后念叨她还要在这大山里的疗养院里一个人待多久似的，特意用忐忑不安的语气，告诉婆婆她的左肺还有啰音。

两人迎面走进住院楼，踏进二层尽头那间弥漫着消毒水气味的病房。婆婆像是害怕在屋里待得太久，飞快地看了两眼房间，就走到阳台上去了。阳台上还有些微凉。

“哎，这人怎么一到这儿来，就老是弓着腰啊？”菜穗子盯着婆婆手扶着阳台栏杆朝外张望的背影，目光里有几分嫌弃。不经意

1　有研究者认为，多晒太阳有助于肺结核等肺病的治疗。

间，婆婆回过头来，看见菜穗子空洞的目光正盯着自己，连忙挤出一个造作的笑容。

约莫过了一小时，无论菜穗子怎么挽留，婆婆都硬是要马上回去。于是菜穗子再一次来到大门前，送婆婆离开。一路上，菜穗子看着婆婆出于某种恐惧而弯下的腰杆，再一次强烈地感受到一种前所未有的虚伪……

# 十

“为他人所累”——这大多数人在生命一开头便领教过的感受，黑川圭介活了半辈子才总算尝到。

九月初的一天，一位名叫长与的远亲到丸之内的工作单位找圭介谈生意。谈到最后，话题渐渐转移到个人生活的层面。

“听说你妻子住进什么地方的疗养院了？她现在怎么样了？”长与别扭地眨巴着眼，他问别人话的时候总有这个毛病。

“嘿，好像没什么大事。”圭介简单地答了一句，就想把话题引开。他很吃惊，母亲看起来很忌讳菜穗子得肺病住院的事，跟谁都不愿谈起，眼前这个男人是怎么知道的呢？

“可我听说，她好像住在重病患住的那栋楼里欸！”

“没那回事，这肯定是搞错啦。”

“是吗？那就好……我妈跟我说，这件事还是从你妈妈那里听来的呢。”

圭介连脸色都变了：“我妈不可能这么说啊……”

他悒悒地送走了这位朋友，长久地陷入复杂的情绪中。

当晚，饭桌上只有圭介和母亲。二人相对无言，圭介有意无意地开了口：“长与知道菜穗子住院的事了。”

母亲佯装不知：“是吗？你说那些人，怎么会知道这件事啊！”

圭介听母亲这么一说，不满地移开视线。仿佛忽然挂念起不在自己身边的人似的，把脸扭向一旁——从前吃晚饭的时候，菜穗子经常被母子二人撇在话题之外。他们俩聊着之前熟人的事、琐碎的日常和家计消磨时间，几乎对菜穗子不闻不问。每逢此种情景，菜穗子总是敏感地低下头，像是在默默地忍受着什么。圭介此时觉得她的身影就清清楚楚地浮现在自己身旁。这样的感受，对他来说可是头一遭……

母亲一直对儿媳生了肺病、住进疗养院这件事表现得万分抵触，一贯对外佯称，菜穗子是因为轻微的精神衰弱才换了住处。甚至连圭介想去探望妻子，她都一直没有同意。也因此在这一刻以前，圭介怎么也想不到，母亲竟然会在背地里故意散布菜穗子生病的消息。

圭介知道菜穗子不时会写信给母亲，母亲似乎也一直有回信。可他的关心，也仅限于偶尔向母亲打听菜穗子的病况而已。他每每满足于母亲简短的回答，至于两人通信的具体内容，则根本无意问津。可那天听长与说完，他才意识到母亲应该是一直以来对自己隐瞒了一些东西。圭介突然感到一种无法与人言说的焦躁，同时也对自己迄今的做法追悔莫及。

两三天后，圭介突然坚持明天要请假去看望妻子。他的母亲听罢自然是一脸愁苦，却也没再开口反对。

## 十一

黑川圭介动身去信州南部的那天，正是二百廿日[1]前的一个风雨四起的日子。茫然无措的他隐约觉得妻子说不定已经气息奄奄，于是战战兢兢地出发了。途中时不时有猛烈的风卷起大颗雨滴，噼里啪啦地砸在火车车窗上。在这样狂风暴雨的天气里，火车行至信州边界的山地，为了变道倒行了好几次。窗外的景色已被雨水蒙成一片混沌，每次火车倒行，不习惯旅行的圭介都怀疑自己要被带到一个完全陌生的地方。

火车在山谷中的一个寻常小站停车，直到快要发车，圭介才发现这就是去疗养院的那站。他在火车眼见就要启动的刹那忙不迭地跳下车，被暴风雨淋了个透。

车站前的风雨中，只停着一辆老旧的车子。站上除了圭介，还有一个年轻的女乘客。两个人都要去疗养院，便一起上了车。

1 在日本，立春后的第220天（通常为9月11日前后）被称作二百廿日。台风多在此时节来袭。

“听说有个病人病情突然恶化，所以我得赶快过去……”年轻的女子解释道。她说自己是邻县K市的护士，疗养院有病人咯血，便急忙打电话叫她来帮忙。

圭介立刻觉得胸口一悸，忙问：“是女病人吗？”

“不是，好像是个头一次咯血的小伙子。”对方漫不经心地回答。

车子在暴风雨里穿行，驶过小小的村庄，无数次将水洼里的积水溅向沿街脏兮兮的房屋。接着拐上某个斜坡，朝疗养院的方向攀行。引擎的声音明显变大许多，车身开始倾斜，一任圭介心中再次掀起的不安驰骋……

圭介到疗养院的时候，似乎正是病人们休养的时间。大门口一个人也没有，他脱去湿透的鞋子，踩上拖鞋，不管不顾地一个人上了走廊。他凭着记忆拐到一栋楼里，以为菜穗子的病房就在附近，却发现走错了路，又折返回来。半路上，有一间病房的门半掩着。他路过时无心地向里张望，一眼便望见病床上仰躺着一个颏须稀疏、面色如蜡的年轻男子。这男子也发觉圭介站在门外，可并没侧过脸来，只是缓缓地把一双瞪得像鸟眼一样大的眼珠转了过来，看着圭介。

圭介不由得一个激灵，正要从这扇门前离开，房间里便有人走过来，合上了门。关门时似乎还朝他稍微点了个头。圭介定睛一看，原来是方才与自己一道从车站过来的年轻女子，此刻已经换上了白衣。

好不容易在走廊里抓到一个护士，圭介才打听到菜穗子的病房在更靠后的一栋楼里。按照护士的指点，他走上转角处的楼梯——“啊，就是这儿！”圭介模糊地想起之前陪妻子来办住院手续时的情景，顿时心跳加速，赶忙走到菜穗子住的三号病房旁边。说不定菜穗子也已经虚弱不堪，像刚才那个咯过血的年轻病人那样睁着一双大得吓人的眼睛。看到我，她会不会连我是谁都认不出呢？想到这里，圭介不禁浑身颤抖。

圭介先把心稳下来，轻轻敲了敲门，才慢慢把门推开。菜穗子躺在床上，背对着门，似乎并不关心来者是谁。

“哎，你怎么来了？”菜穗子终于回过头来，抬眼望着他。许是有些憔悴的缘故吧，她的眼睛显得比原来大了。有那么一瞬，这双眼睛变得特别明亮。

圭介看着这双眼睛，忽然松了口气，心中不禁百转千回。

“一直想来看看你的，太忙了就没来成。”

听到丈夫这强找借口的解释，菜穗子眼睛里异样的光芒唰地熄灭了。这双忽然暗淡下来的眸子从丈夫身上移开，转到了双层玻璃窗那边。偶尔有风兴起，把大滴大滴的雨点刮到外面的玻璃上。

冒着这样大的风雨来到山里，妻子却好像对自己的到来无动于衷，这多少让圭介有些不满。可他一想起见到菜穗子之前几乎要将自己的心挤碎的不安，就马上恢复了平静。

“怎么样，打那以后你一直都好吗？”圭介将目光看着别处，这是他平素与妻子谈正事时的习惯。

“……”菜穗子知道丈夫这习惯，不过她似乎觉得对方有没有看自己并不重要，就只是沉默着点了点头。

“没什么的，再多在这儿静养一阵，你啊，很快就会好的！”方才不经意间看到的那个咯了血的病人又浮现在圭介眼前，想到他那双如垂死的鸟儿一般瘆人的目光，圭介咬咬牙，试探着望向菜穗子。

可当他的目光与菜穗子的目光相遇，却发现对方的眼里满是对自己的怜悯。他不由得又转过脸，走到风雨飘摇的窗边，暗暗觉得不可思议：这女人怎么总用这种眼神看我？窗外雨雾弥漫，连对面的病房都看不清楚，只听得树叶簌簌作响。

到了傍晚，这场狂暴的雨仍未止歇，因此圭介也没有要回去的意思。

夜幕终于降临了。

“不知道疗养院让不让过夜？”圭介站在窗边抱着双臂，盯着窗外喧嚣的树木，冷不丁开口问道。

菜穗子吃惊地回答：“你不回去行吗？要是不回去，去村里看看应该也有旅馆。可住这儿的话就……”

“可是这儿也没说不让住吧？跟旅馆相比，我更喜欢在这儿住。”圭介环视着这间小小的病房，好像刚才一直没仔细看似的，“只住一晚上的话，我睡在地板上也行。这儿也没那么冷……”

“哎，你这个人……”菜穗子像是很吃惊，不住地盯着圭介。过了一会儿，随随便便地小声揶揄了一句，“真够怪的……”不过圭介丝毫没从她揶揄的眼神里感到让他焦躁的东西。

圭介自己去了食堂，里面净是些女陪住。吃过晚饭，又自己去找护士，请院方为他准备被褥。

八点左右，当班的护士给圭介送来了陪护人专用的组合式床铺和毛毯等物品。护士量过菜穗子晚上的体温离开后，圭介便一个人笨拙地整理起床铺。菜穗子躺在床上，忽然觉得圭介的母亲略带凶光的眼睛好像正在病房的角落里看着这一切。她轻锁眉头，注视着圭介的一举一动。

“这样床就搭好了……”圭介试探着在刚搭好的床铺上欠了欠身子，把手插进衣兜摸索了一阵，掏出了一支卷烟，“我能到走廊抽根烟吗？”

但是菜穗子并不理睬他，只是一味地沉默着。

圭介无可奈何，慢吞吞地踱去了走廊。不一会儿，走廊上便传来他边抽烟边走来走去的脚步声。菜穗子的耳朵里，一会儿是圭介的脚步声，一会儿又是树叶在风雨中的簌簌声。

圭介回到屋里时，发现一只蛾子盘旋在妻子的枕边，在天花板上投下巨大而狂乱的影子。

“你睡前记得关灯。”菜穗子有些不耐烦地说。

圭介走到妻子枕边，赶走了飞蛾。关灯前，菜穗子因灯光刺眼而闭着眼，圭介颇为心痛地看了看她乌黑的眼圈。

“还没睡着吗？”黑暗中，菜穗子终于问了丈夫一句。圭介的帆布床支在菜穗子的床尾，一直发出咯吱咯吱的声响。

“嗯……”圭介的声音含混不清，像是故意装出来的，“雨声怎么这么大啊？你也还没睡吗？”

“我睡不着也没什么……这儿老是这样……”

“是吗？不过，这样的夜里一个人住在这儿，可真是够呛啊……”圭介说着骨碌翻了个身，背对着菜穗子。他这样做，是为了让自己有勇气说出下一句话，“你不想回家吗？”

菜穗子不由得在黑暗中把身子缩成一团。

“我觉得在身体彻底恢复之前，都不能考虑这个问题。”她说罢翻了个身，不再开口。

圭介也没再说一句话。不一会儿，黑暗从房间的四个角落涌来，将两个人包围。树海的波涛声充斥了黑暗。

## 十二

第二天，菜穗子好奇地盯着一片紧贴在窗玻璃中央的树叶——那是被风刮上去的。不一会儿，她好像想起了什么，脸上浮现出笑容。察觉到自己这副模样，她也不禁吃了一惊。

“算我求求你也好，以后能不能别再用这种眼神看我了？”临行前，圭介一如既往地移开了视线并同她委婉地抗议。菜穗子此刻好奇地盯着那片树叶，宛若它是狂风暴雨中唯一的静止。她透过玻璃反射对上自己的目光，无意间想起丈夫那出乎意料的抗议。

“我的这种眼神又不是最近才有的，还是个小女孩的时候就已经如此了。妈妈在世的时候也讨厌我这个样子，那人居然现在才意识到这一点吗？还是说他之前一直介意，却没说出来过，今天才终于打算跟我说清楚？昨天晚上也不知道是怎么回事，他简直像是换了一个人似的……可是，他还是那么胆小怕事，在火车上遇见这样激烈的暴风雨，一个人的时候不知道有多害怕呢……”

圭介彻夜不眠，整个晚上都在隐隐的恐慌中度过。第二天快到中午，云层总算破开，浓雾弥漫整个天地。他这才松了口气，急忙赶往火车站。可此时天气又骤然一变，也不知道圭介究竟有没有在暴风雨来临之前赶上火车。不知不觉中，菜穗子又出神地端详起那片像画儿一样紧贴在窗户上的树叶。她倒也不怎么担心，只是心里想着丈夫。想着想着，她的脸上再一次露出自己都不曾觉察的微笑……

与此同时，载着黑川圭介的那趟上行列车，正在狂风暴雨的夹击下，横跨森林绵亘的信州边界。

对圭介来说，在山间的疗养院里经历的一切比眼前的狂风暴雨更不寻常，以至于他此刻依然念念不忘。这次的经历于他而言，可谓是对未知世界的初体验。风雨比他来时更加猛烈。坐在车厢里，他只望得到树木从窗外一掠而过，痛苦地颤动着身躯，枝叶飘摇。其他景象一概不得而见。有生以来的第一次失眠，让他的头脑昏昏沉沉的。他用飘忽的思绪，将一切想了个遍。他想起自己越发郁郁寡欢的妻子，想起昨夜在妻子身旁熬到天明的陌生的自己，还有在大森的家中独自等着自己归来、恐怕同样是一夜未合眼的母亲。他想着，母亲的爱很霸道，恨不得这世上只有她和儿子两个人才好。自己留在这样的母亲身边，为了保护母子二人从前视如珍宝的所谓的一家和睦，愣是把妻子赶出了家门。可是此刻，他眼前仍然有一条生与死的绒毯时隐时现，这绒毯上绘着菜穗子的模样，给人以奇妙的厚重感。相比之下，那所谓的家庭和睦是多么的单薄！圭介陷入一种异常激动的情绪之中，这情绪强烈至极，令这些想法变得越发坚定，足以将他至今为止的安逸生活连根拔起。火车闯过风雨，在森林绵亘的信州边界疾驰的时候，圭介完全沉浸在自己的思考中，几乎全程都紧闭双眼。尽管他偶尔也被窗外的风雨吓得瞪大了眼睛，可是心实在太过疲累，眼皮不久便耷拉下去，再次沉入似梦非梦的世界。在那个世界里，此刻的感受和不断涌现的回忆相互缠绕，让他觉得仿佛有两个自己。他有时觉得自己努力看着窗外却什么都看不到而只能凝望虚空的眼神，和昨天刚到山里的时候，无意间从那扇半开的门中瞥见的垂死病患那毛骨悚然的眼神很像；有时又觉得自己那眼神跟菜穗子空洞的、自己总是不愿直视的眼神很像；再有时，又觉得这三种眼神诡异地交织在了一起……

窗外蓦地明亮了许多，这让圭介在朦胧之中安心了不少。他用手指擦了擦蒙着雾气的车窗，向外望去。火车似乎终于穿过了信州边界的山地，此刻行驶在一个巨大的盆地正中。风雨的势头仍然不减。附近的一片葡萄田映入圭介空洞的双眼，田间站着五六个身披蓑衣的人，嘴里不知吵嚷着什么。圭介觉得好不奇怪。越来越多的乘客看见了葡萄田里这群人不寻常的模样，火车四下一片哗然。圭介听着身边人们的对话，渐渐明白了事情的原委：昨夜的暴雨给这一带降下许多冰雹，田里好不容易才成熟的葡萄损失极为严重，眼下农夫们除了干等风雨快快过去之外，毫无办法。

每到一站，人潮的嘈杂便更高一浪，车窗外能看到风雨中淋得精湿的站务员，跑来跑去，嘴里不知骂着什么。

火车穿过许多座模样凄惨的葡萄园，过了这片平原，又一次开进山地时，云层已经裂开，不时有阳光从云缝中倾泻下来，照得整面车窗明晃晃的。圭介这才从梦境里悠悠醒转，与此同时，他忽然觉得从前的自己很可怕。无论是刚才在脑海中浮现的濒死的鸟儿一般的病人的诡异眼神，还是恍然不觉模仿着这眼神的自己，他此时此刻都忘得一干二净。唯有菜穗子那楚楚可怜的目光仍然活灵活现地在他眼前……

火车抵达雨过天晴的新宿站，车站里铺满了夕阳红彤彤的光。圭介刚下车便吃了一惊，没想到车站里的空气如此闷热，让他立刻回忆起大山疗养院沁人心脾的凉意。他在月台的人群中穿行，见有许多人聚在布告栏前，便也漫不经心地停下了脚步。布告栏上登着一则通知，说他刚才乘的中央线有部分列车停开。仔细一看，原来是他刚才坐的那辆车经过某个峡谷后，塌了一座铁桥，下一辆列车只得困在狂风暴雨中。

得知这个消息，圭介露出一副“还以为出了什么大事呢，原来不过如此而已”的神色，怀着一份不太寻常的心情，又挤进月台上的人群里。他觉得，在这人山人海之中，唯有自己的心满溢着一种异样的情愫。这份情愫在大山里便有了，现在一路跟着自己来到了这里。圭介一边这么想，一边笔直地朝前走，甚至觉得自己有些悲壮。遗憾的是他无从想象更深一步的事实——他不知道，现在填满自己心房的情感，其实是生命站在死亡线上的不安。

那一天，黑川圭介怎么也不愿意直接回大森的家。他独自在新宿的一家饭馆吃过饭，又去另一家饭馆慢慢地品茶，最后又来到银座，长久地在夜晚的人潮中徜徉。年近四十的他似乎是第一次这么干。其间他不时会想：自己不在家的时候，母亲一定怀着无比忐忑的心情等待自己的归来。一念至此，他便故意拖延回家的时间，像是要让母亲苦等自己的影像在自己心中多留存一阵似的。他甚至禁不住感叹，自己之前居然在那个冷清寂寞的家里和母亲凑合过了那么久的二人生活。菜穗子的目光此刻仍然形影不离地跟随着自己，他却丝毫不因此烦躁。不过，那条不时在他脑海中掠过的生与死的绒毯，却一次比一次模糊了。他渐渐觉得自己和走在前后左右的其他人没有什么两样，最后终于意识到，这种感觉是连日的疲劳所致。他觉得自己仿佛在被某种力量拖着走，却又对此毫无办法。将近十二点时，圭介终于向大森的家中走去。意识到自己即将回到母亲身边时，他第一次感受到一种异样。

## 十三

阿叶为了给女儿初枝治病，从O村来到东京求医——都筑明得知这个消息后，在九月下旬的一天到筑地的一家医院看望这对母女。他七月份起又回到建筑事务所上班，但依然闷闷不乐，和之前并无二致。

“情况怎么样？”都筑明尽量不去看躺在床上的初枝，只把脸冲着阿叶。

“谢谢您。”阿叶像每一个大山里的女人一样，似乎不知道在这种场合该怎么招待都筑明才好，只是一个劲儿地看着对方，目光里饱含怀念，却说不出话，“怎么说呢，似乎不太乐观……无论请哪位医生来看，都给不出具体的方案，真叫人着急。这次出来，原本是狠下心打算动手术的，可大家都跟我说，就算动了手术也未必有希望……”

都筑明悄悄瞥了一眼躺在床上的初枝。他还是第一次这么近距离地看她。初枝生着一张细嫩姣好的面容，与她母亲很像，也并没有都筑明想象中那样憔悴。即使此刻有人在眼前谈论她的病情，她也毫无嫌怨之色，只是显得有些不好意思。

阿叶出去泡茶了，房间里一时只剩都筑明和初枝两人面面相觑。都筑明刻意不去看初枝，初枝却神色不安，微微红着脸，像是不知道在他面前该如何是好。都筑明曾听人在背后议论，说初枝和阿叶说话时经常撒娇，像个十二三岁的小姑娘，所以他压根儿没想到她的眼底其实闪着这样耀眼的女人的光芒——都筑明忽然想起，眼前的初枝和他的恋人早苗原是自小玩到大的好朋友。而早苗应该已于今年初秋嫁给了他熟识的那位在村里很有人缘儿的巡警。

自那以后，都筑明差不多每隔两三天，就要在结束事务所的工作后顺路去看望这对母女。大多数时候，洒进她们病房里的夕阳都充满秋意。恬淡的阳光里，都筑明在一旁听着、看着阿叶和初枝无忧无虑的交谈或举动，忽然觉得空气里飘浮着一股O村独有的气息。这样的时候，他近乎贪婪地呼吸着，甚至觉得自己曾在一位乡村少女身上求而不得的一切，竟无心之间，从这对母女身上得到了。阿叶像是隐约觉察到了都筑明和早苗之间的往事，却无意渲染声张，都筑明对此颇为满意。正因如此，某些时候他甚至想把脸埋在这位年长女子温暖的怀抱里，尽情地呼吸乡间的气息，安静地接受她无言的抚慰。

“不知怎的，半夜醒来，总觉得空气湿漉漉的，很是难受。”暂住东京的阿叶习惯了大山里干爽的空气，她这番抱怨恐怕只有都筑明才理解。阿叶这位地地道道的山乡女子，放在O村，可谓是个姿色端庄又要强的女人，但到了东京，就算不离开医院半步，她也和周遭的事物格格不入，显得土里土气。

背负着过去而更显少女气质的阿叶，和她常年卧病、到了出嫁的年龄仍褪不去孩子气的独生女初枝——不知何时起，都筑明的心里已经无法放下这对母女中的任何一人。离开医院回家时，阿叶总是送他到大门口。在这段路上，他真真切切地感受着身后阿叶的气息，总是忽地在心中盘算：自己若能与这对母女的命运紧紧地联系在一起，该是一幅怎样的图景？他觉得，这也并非绝无可能。

## 十四

一天傍晚，都筑明有些发烧，便早早结束了事务所的工作，直接回了荻洼。以往下班早的时候，他基本都先去看看阿叶母女，在荻洼站下车时，天很少还这么亮。从电车上走下来的时候，杂木林上空有一条茜红色的云，细细长长地延展向西边的天空。都筑明仰着头，出神地望了那云朵一阵子，突然剧烈地咳了起来。月台另一头有个职员模样的矮个子男人背对他笔直地站着，好像在想心事。听了咳声像是被吓了一跳，连忙回头来看。都筑明也注意到了那人，觉得他们好像在哪儿见过。可他为了止住这阵痛苦的狂咳，不得不在那人的目光里弯下身子。等到终于不咳的时候，他根本已经把那个人抛到脑后，径自向台阶那边走去，不料却在要迈上台阶的瞬间，忽地想起方才那人好像是菜穗子的丈夫。都筑明急忙回过头去，只见那人又像最开始那样，有些忧郁地背对着自己站着，身后是满天晚霞和黄叶缤纷的杂木林。

“那个人，看上去好像很寂寞啊……”都筑明这么想着，走出了车站。

“难道是菜穗子出什么事了吗？也许是生病了。上次看见她的时候，我就隐约觉得她病了。不过上次这男人看上去挺难接触的，现在看来，似乎比我想象的随和。反正我这个人啊，如果对方不是看上去有点忧郁的人，就压根儿不愿和他打交道……”

都筑明回到自己的住处，害怕自己再咳起来，就没有马上换衣服，而是坐到了朝西的窗边。他想，菜穗子也许正在西边某个遥远的地方，过着我无法想象的不幸的生活。他一面想，一面像生平第一次眺望西边一样，远望天空中的晚霞和树木发黄的树梢。天空的颜色开始变了，都筑明守着天色的变幻，忽然感到几乎难以忍受的、彻头彻脚的寒冷。

与此同时，黑川圭介依然呆呆地伫立在月台尽头。他面对烧得火红的西边天空，似乎还在思索同一个问题。从刚才到现在，已经有好几班电车从他面前开过。但他也不像是在等人。刚才不知是谁在他身后剧烈地咳嗽了一阵，他吓了一跳，不由得回头看了看对方——这便是他在这段时间里仅有的一丁点儿动作。咳嗽的是一位瘦削的高个子青年，圭介不认识他，但还是头一次听到这么剧烈的咳嗽。圭介紧接着就想起来，自己的妻子每天天亮时也经常发出类似的咳嗽声。这之后过去了好几辆电车，突然有一辆长长的中央线列车轰隆隆地疾驰而过，震得地面微微颤动。圭介吃惊地抬起头，盯着面前掠过的一节节车厢，像是要把它们刻在脑海里。可能的话，他恨不得把车厢里的每一个乘客的脸都瞧上一遍。因为这些乘客将在几小时后穿过八岳山南麓，有兴趣的人透过车窗就能看见他妻子住的那所疗养院的红色屋顶……

黑川圭介是个生性单纯的男子，一旦觉得自己的妻子过得不幸福，这样的印象就很难从他心里消除，除非夫妻二人目前的分居状态不再继续。

自他从大山里的疗养院探望妻子回来，已经过去了一个多月。单位的公务让他忙得不可开交，随之而来的又是秋日让人忘却一切烦忧的舒爽天气，但在圭介心里，去探望菜穗子仿佛还是昨天的事，一切的一切都还历历在目。当他结束一天的工作，疲惫不堪地夹在黄昏的喧嚣中，不自觉地加快回家的脚步时，总是会猛地意识到妻子并不在家。紧接着，诸多情景在记忆中巨细无遗地复苏——被大雨困在山中的疗养院，在回程的火车上遭遇的暴风雨……菜穗子总是在某个地方安静地守护着自己。圭介有时甚至突然觉得，她的目光就在眼前闪烁。他总是猛地一惊，接着开始在电车中找寻，想看看车厢里是否有一个和菜穗子眼神相似的女人……

他从未给妻子写过一封信。像他这般的男人，大概从来没想过这些事会令自己的情感充实。退一步说，即使曾经这么想过，他也不是那种说干就干的人。他知道母亲和菜穗子似乎时有通信，却从没问过一句。即使看见菜穗子给家里寄来铅笔写得潦草的书信，他也不想拆开来看看信里写了些什么。他只是偶尔长久注视着信封，像是也有一点点在意。每当这种时候，他眼前便朦朦胧胧地浮现出妻子仰躺在病床上写信的慵懒模样，她不时用铅笔摩挲着消瘦的脸颊，反复推敲违心的词句。

圭介从未向人倾诉过心中的苦闷。一天，他去参加一位前辈的送别会，结束后和一位能够畅所欲言的同事一起走出会场时，不知怎的就觉得这个男人应该比较可靠，便把妻子的事情告诉了对方。

“这可真是不幸啊！”对方酒意阑珊，耐心地听着圭介的话，似乎很是同情。不一会儿像是突然想起了什么，急忙说，“不过，有个这样的老婆，你反倒可以放心了吧？”

起初圭介不明白对方话里的意思，但他忽然想到，从前有人谣传这位同事的妻子品行不端。这之后，圭介就再没有和他谈起妻子的事。

同事的那句话，让圭介的心堵了一块。他几乎整个晚上都未合眼，一直心事重重。他觉得，菜穗子现在待的那座山里的疗养院简直就像世界的尽头。他完全无法理解何为“自然的慰藉”，在他看来，环绕着疗养院的所有山脉、所有森林、所有高原都只会加深菜穗子的孤独，只是将她与世隔绝开来的屏障。菜穗子在这类似天然牢狱的地方，像是已经万念俱灰，只是孤单地盯着虚空，静待死亡的到来。

“到底哪里可以放心了！”黑暗中，圭介一个人躺着，任凭心里忽然涌起无处宣泄的怒气。

圭介不知有多少次暗暗下定决心，要跟母亲商量，把菜穗子接回东京。可是，他一想到母亲一定会拿菜穗子的病情当借口，和往常一样想方设法地反对，就烦得要命，什么话都不想再说。再者，自菜穗子离开以来，母亲似乎如释重负，心情一直很好。圭介不禁自问：想想以往的婆媳关系，就算是把菜穗子接回家来，自己又能为她的幸福做一些什么呢？

于是，他终究还是选择让一切维持现状。

一个寒风四起的日子，圭介出席了荻洼一位朋友的葬礼。回家路上，他来到车站等车，独自在披着夕阳余晖的月台上踱来踱去。这时，一列长长的中央线列车携着一阵风从圭介面前疾驰而过，扬起飘散在月台上的无数落叶。圭介好不容易才发觉那辆列车是开往松本的。长长的列车呼啸而过，圭介却仍然站在漫天飞舞的落叶里，朝着列车离开的方向，目光凄苦地目送了车子一程又一程。他在心里想象着，几小时后，这辆列车会驶入信州，然后用同样的速度驶过菜穗子的疗养院附近……

那一个瞬间，圭介从头到脚清清楚楚地感到了妻子的气息。依圭介的性格，本是不会为了意中人的一个幻影而独自在街上漫无目的地游荡的。可连他自己也想不到，从那以后，他常常在提前下班的日子里特地坐省线电车从东京站跑到荻洼站，然后一动不动地等待那辆开往信州的晚班列车开过月台。那辆傍晚时分驶来的列车，总是风驰电掣般地经过，扬起他脚边的无数落叶。圭介就在列车经过的瞬间，望眼欲穿地目送一节节车厢。他感应得到，这辆客车在转瞬间掠走了一天之中让他几近窒息的某种东西，不知把它们带向了何方。这样的感觉如此清晰，让他痛不可言。

# 十五

山里连续多日晴朗无云，迎来了名副其实的秋天。疗养院的周围，无论哪个方向都有阳光充足的山坡。独自心情舒畅地一边四处散步，一边欣赏野蔷薇鲜红的果实，已经成了菜穗子每天必做的功课。暖洋洋的午后，她甚至会到牧场那边去，钻过围栏，在草坪上缓步而行，一直走到能看见牧场中央那棵孤零零的老树的地方。一半已经枯死的老树上还留着些黄叶，在阳光下摇曳不止。白天越来越短，无论是那棵大树投在地上的树影，还是菜穗子自己的影子，都眼看着变得异样的长。菜穗子每次都等到影子拖得老长，才离开牧场，往疗养院走。很多时候，她都忘记了自己是个病人，也忘记了孤独。那段时光美好而快活，让人忘却一切忧愁，一个人一辈子也经历不了几次。

可是夜晚却寒冷而寂寞。风从山下的村庄吹到这仿佛是大地尽头的地方以后，像是不知道接下来该往哪儿去了似的，就一直在疗养院周围打转。有时候不知是谁忘了关窗，整个晚上，窗子就啪嗒啪嗒地响个不停。

一天，菜穗子听护士说，今年春天硬要离开疗养院的那位年轻的农林工程师到底还是病入膏肓，又回疗养院来了。她想起那个年轻人离开疗养院时神采奕奕却苍白如纸的脸庞，还有他当时心意已决、炯炯有神的双目。那目光比为他送行的任何一位患者都要明亮，深深地打动了她的心。她想起这些，觉得自己无法继续袖手旁观下去了。

凛冬将至，可这几天依然是小春日和的天气，让人浑然不觉气候的变迁。

# 十六

阿叶在医院为初枝彻底地诊治了两个多月却毫无效果。到头来似乎连医生也放弃了治疗，她们便回乡下去了。牡丹屋那位年轻的老板娘特地从O村赶来迎接她们。

已经有两个星期没去建筑事务所上班的都筑明，得知这个消息后，尽管喉咙上还敷着湿布，还是把母女二人送到了上野站。初枝在阿叶等人的照看下，让车夫背着上了月台。见到都筑明也来了，她脸上泛起的红晕比平日更盛。

“再见啦。请您也多保重——”阿叶说着道别的话，反倒更担心都筑明那病恹恹的模样。

“我没事的。说不定会在冬假里去找你们玩，等着我吧！”都筑明一边跟阿叶和初枝约着下次见面的时间，一边露出一个寂寞的微笑，“那么，再见了。”

火车眼看着出了站。车开走后，立刻有阳光浮上月台，那阳光软弱无着，恍然间有了冬天的味道。都筑明孤零零地留在月台上，似乎怎么也舒畅不起来。他做什么都没了气力，迈开脚步，似乎在问自己以后要怎么办才好。他想，连医生都对阿叶的病束手无策，这对母女最后只得打道回府。这到底是件悲凉的事，可在她们身上，一点也看不出对这个世界的绝望。两个人反而因为能早点回到O村而松了口气，甚至颇有几分兴高采烈、泰然自若。这些人就这么喜欢自己的村子或家乡吗？

“可是，我这个一无所有的人，又该怎么办呢？最近这段时间，我心里的空虚又是从何处而来？”

阿叶她们对都筑明心里的空虚一无所知。和她们待在一起的时候，都筑明无时无刻不感到惶恐不已，仿佛身处一趟无人陪伴、我行我素的旅途。可与此同时，他也确实觉得只有和阿叶母女待在一起，自己的心才得以休憩。如今她们已经不在，都筑明的身边再也没有谁能搅乱他的心了。他像是终于意识到了这一点，开始猛烈地咳嗽。为了止住这阵咳嗽，他不得不弯着腰在原地站了一会儿。待他好容易直起了身子，车站里已经人影稀疏。

“现在所里分配给我的工作，别的人也照样能做。要是除掉这谁都能做的工作，我的生活还剩下些什么？从小到大，我可有做过哪怕一件自己真心想做的事？一直以来，我不知有多少次想要辞去现在的工作，自立门户做点什么。可每次话到嘴边，一见所长那信赖自己的友善的笑脸，就犹豫起来，最后就这样不了了之。如果永远这样客气下去，我会落得怎样的下场？我应该以这次生病为借口，再请一段时间的假到某个地方去旅行，独自好好想一想，我真正追求的是什么；现在又为什么如此绝望；有没有办法找到这些问题的答案；迄今为止我认为失去了的东西，我究竟有没有真的追求过，无论是菜穗子，还是早苗，或者是刚刚离去的阿叶母女……”

初冬的阳光在车站里闪耀，都筑明愁眉不展地想着这些，微微弯着腰，朝车站出口处走去。

## 十七

八岳山上已经开始积雪了。但菜穗子仍旧没有荒废自秋天开始的日课，晴天的时候便出来散步。不过在这高原的冬日，即使灿烂的阳光一再烘烤，地面连日的冰冻也无法彻底缓和。有时候，穿着白色呢子大衣出门的菜穗子，甚至能听到上了冻的草在自己脚下寸寸断裂的声音。牧场里早已没有了牛马的影子，即使如此，她偶尔还是会走进去，来到能看见那棵枯死了一半的老树的地方，任凭寒风抚弄自己的头发。老树的一边枝杈上还挂着几片枯叶，成了澄澈透明的冬季天空里唯一的污点。衰弱的枝杈停不下来般簌簌抖颤，菜穗子总是抬着头仰望它一阵子，然后不由自主地长叹一声，走回疗养院。

到了十二月，阴云密布、严寒彻骨的天气整日整日地持续。入冬以来，尽管群山连日被彤云笼罩，可山脚下还不曾下过一场雪。这样的天气让气压越发沉重，疗养院的病人们个个都情绪压抑，菜穗子也没有精神去散步了。病房的窗户从早到晚都敞着，她盖着毛毯，缩在房子正中间的床上，只露出一双眼睛，冷空气冻得脸生疼。她有时会在心里想像某处小巧而舒适的料理店，壁炉里发出让人欢快的声响，还会想象自己从店里出来以后，在巷子后面一条正当落叶时分的林荫道上漫步的愉悦。有时候她觉得，自己依然还拥有这种平淡无奇却富有张力的生活。而有时候，她又觉得自己已经一无所有，没有任何事情可以期待。

“我这辈子是不是就这样了？”她被自己的想法吓了一跳，“有没有人能告诉我，今后我该怎么办？难道就只能这样，放弃一切希望了吗？”

一天，护士将菜穗子从这种漫无边际的胡思乱想中唤醒：“有人想见您一面……”护士目光中带着笑意，征得菜穗子的意见后，朝门外说了一声“请进”。

门外立刻传来一阵陌生而剧烈的咳嗽。菜穗子不知来人是谁，只有心神不宁地等着。不久，她看见一位瘦削的高个子年轻人出现在房门口。

“啊，阿明。”菜穗子未料到都筑明的来访，她目光如炬，神情中有几分自责。

都筑明站在门口，菜穗子的目光让他仓皇失措。他只死板地鞠了个躬，便瞪大了眼睛环视整个病房，像是在逃避她的视线。都筑明边东张西望边脱着大衣，又剧烈地咳了起来。

菜穗子躺在床上，实在有些看不下去，就说了一句：“这里冷，你还是穿着吧。”

都筑明听菜穗子这么一说，又老老实实地将脱了一半的大衣穿起来。他直愣愣地站着，脸上连个笑容都没有，只顾盯着躺在床上的菜穗子，仿佛在等待她接下来发出的指令。

菜穗子再次看着对面这个人，他敦厚老实、毫无恶意的样子和从前并无二致。她看着看着，觉得嗓子眼一阵痉挛，喉咙像是被堵住了一样。不过，这几年里——特别是在她结婚之后，都筑明就几乎音信全无。如今又为何要在这个冬日突然跑到山里的疗养院来看自己呢？弄明白这个问题之前，对方看似毫无恶意的模样仍不免让她烦躁不安。

“你随便坐吧。”菜穗子仍然不起身，用冷冰冰的目光指了指椅子，勉强说了这么一句。

“好的。”都筑明飞快地瞟了一眼她的侧脸，又急忙把目光移开，在门边一张皮椅子上坐了下来，“我在旅行的时候听说你住在这儿，于是在火车上临时决定过来看看。”他边说边用手摩挲自己瘦削的脸颊。

“你打算去哪儿？”菜穗子似乎依然焦躁难安。

“也没想好要……”都筑明吞吞吐吐地说着，像是在自问自答。接着似乎是觉得若是自己不先把想说的说完，这回答就毫无意义一样，忽然下定决心，把眼睛睁得老大，“我就是突然想来一场漫无目的的冬季之旅。”

菜穗子听了，脸上顿时浮起一抹苦笑。每当都筑明或其他人摆出类似少年说梦的言谈举止时，她就习惯用这种笑容来揶揄他们——还是个少女的时候，她就习惯这么做了。

菜穗子发觉自己脸上正浮现出少女时代习惯流露的表情，心里不由得生出一种奇妙的悸动，仿佛不知不觉间从前的那个自己又回来了。可这不过就是短暂的一瞬，都筑明又像刚才那样咳得死去活来，她不觉皱起眉头。

“一直这么咳个不停，这个人还在死撑什么啊？都这样了何必出来旅行呢……”尽管这与自己无关，菜穗子还是这样想着。

接着，她的眼神又变得冷冰冰的：“你是不是感冒了？生病了还在这么冷的时候出来旅行，这样好吗？”

“没关系。”都筑明有些心不在焉地回答，“就是嗓子有点儿难受。到雪地里走走说不定反倒会好起来。”

其实此时他心里想的是——“我一直都没有想过要和菜穗子相见，为什么刚才在火车里，这个念头刚一出现我就认起真来，要到这种地方拜访阔别多年的她呢？菜穗子现在过着什么样的生活？是否和从前有了很大改变？还是说一点儿没变？这一切我根本不想了解。我只是想和她像以前那样，怒气冲冲地盯上对方一眼——我原想着只要有了这么一瞬就可以回去。可是，一见到这个人，我就像是又一次回到了过去。似乎对方越是对我冷淡，我就越是想让她尽情地揉搓我的伤痕。是啊，我既已达到了最初的目的，就还是早点回去吧……”

都筑明想到这里，忽地站起身来，看着菜穗子躺在床上的侧脸，又开始扭扭捏捏。可他怎么也开不了口说自己要回去了，只是咳嗽了几声——这一次是干咳。

“还没下雪吧？”都筑明一面向阳台走去，一面用征求意见的眼神望着菜穗子。他站在半开的门边，缩手缩脚地眺望远处的山脉和森林。不一会儿，又转身对着菜穗子说："下雪的时候这一带风景不错吧？我来之前还以为这边已经下雪了呢……"

然后，他仿佛终于下定了决心，走到阳台上去了。他把手搭在栏杆上，弯着背，兴致勃勃地看着清晰的山峦与林木。

"这个人还是老样子。"菜穗子想。她默默注视都筑明在阳台上的背影，看着他始终保持着同一个姿势，朝着同一个方向。在这样的时光里，菜穗子不经意间回忆起从前，都筑明一直就是这样，看上去比谁都腼腆而柔弱，却会在紧要关头变得格外刚强，只要是他想干的，就非干不可。有时候，就是连她也奈何不得……

这时，都筑明不经意间从阳台上回过头看她。他看见菜穗子好像正冲着自己笑，立刻眯起眼睛，从栏杆上放下手，回到屋里来了。菜穗子随口对他说道："真羡慕阿明呀，还是从前的老样子……女人就很没意思，一结婚，马上就变了……"

"连你也变了吗？"都筑明似乎有些意外，急忙站下脚步反问。

被他这样直率地一问，菜穗子忽然半敷衍半自嘲地笑了起来："阿明觉得呢？"

"嗯……"都筑明看向她的眼神里充满了困惑，一时之间无言以对，"不好说啊……该怎么回答呢？"

他嘴上这么说着，心里却在想：果然还是没人理解得了菜穗子，或许她真的很不幸吧。他一点儿也不想知道菜穗子的婚后生活。他想，菜穗子肯定也不想告诉自己这些，可他又觉得自己能懂得菜穗子的全部。过去确实曾有一段时间，他觉得菜穗子的一切所作所为都无法理解，但现在他觉得，哪怕是菜穗子将自己最为坎坷的心路历程讲给他听，他也能跟得上她的思路，而且也只有他才能跟上她的思路。

“这人该不会是认定了没人能明白她，才觉得苦恼不堪的吧？”都筑明继续思忖，“过去的菜穗子，总是讨厌我痴人说梦，但她自己不是也有梦吗？就和我最喜欢的她的母亲一样……那位夫人不就是太要强了，才把自己的梦想都禁锢在心湖深处，没让任何人知道吗？如今的菜穗子也是一样……只不过，也不知道她的梦想，会有多么出人意料……”

都筑明目不转睛地盯着菜穗子，将自己的思绪藏在眼神里。

可此时的菜穗子，却一直闭着眼，似乎沉浸在自己的思考当中，瘦弱的脖颈上不时掠过一阵痉挛。

都筑明忽然想起之前曾在荻洼站看见过一个像是她丈夫的人，想着要在临走前把这件事跟菜穗子提一下。可随即又觉得还是不讲为妙，最终还是作罢。就这样，他终于下定决心要走了，往病床那边迈出两三步又停了下来，有些手足无措，最后只说出半句：“我差不多该……”

菜穗子依然和刚才一样闭着眼睛，等着听都筑明接下来要说什么，对方却什么也不说了。她张开眼睛，才看见都筑明已经开始收拾东西，准备回去了。

“这就要走了吗？”菜穗子见他收拾东西，有些吃惊，觉得就这样分别未免太过仓促，却也没有特意挽留。她反倒有一种从某种束缚中解脱的感觉，问都筑明，“几点的火车？”

“不知道，我还没看呢。不过反正是这样一趟不紧不慢的旅行，车几点来都没关系。”都筑明一边说，一边像来的时候那样死板地鞠了一躬，“请多保重……”

看到都筑明鞠躬的样子，菜穗子忽然强烈地意识到，从他出现在面前的那一刻起，她就一直在掩饰自己的感情。于是她仿佛有些后悔，便以从未有过的温柔的语气说了最后一句话：“也请你千万别太勉强自己了……”

“嗯……”都筑明精神饱满地回答，最后一次深深地朝菜穗子望了望，走出门去。

不久，门外仿佛又传来都筑明剧烈的咳嗽声，伴随他的脚步声越来越远。病房里只剩下菜穗子一个人，方才她心头朦朦胧胧的悔意，此刻倍加清晰。

## 十八

那个独自上路的旅人，就像寒冬的天空里一掠而过的飞鸟，和自己打了个照面便消失不见……随着时间的流逝，他无措而不安的身影在菜穗子心头刻下的印迹也越来越深。那一天，都筑明回去之后，菜穗子总是莫名其妙地感到类似后悔的情绪。起初她只是模糊地觉得，自己面对都筑明的时候隐藏了某种感情。在他出现的那段时间里，菜穗子一直都很焦躁。她说不清这种焦躁是对对方，还是对自己。她感到对方仍然如年少时一般，想要把自己身上的伤口统统归罪于她。可让她焦躁的原因不仅于此——还有远比这更让她困惑的东西。硬要说的话，那就是她模模糊糊地意识到，都筑明的到来仿佛威胁着自己现在虽不幸却勉强算得上安稳的生活。都筑明拖着比她更不堪的病痛的身子，像一只翅膀受了伤却拼命想要飞翔的鸟，到生命的最后一刻也不打算放弃。倘若是从前的她见了他这样，或许只会轻描淡写地皱下眉头，可是这一次重逢，都筑明却频频让她感到，他的人生和她的同样绝望，他却比她更执着地面对人生。可是别说是当着都筑明的面了，她甚至都不曾坦诚地在自己心里肯定这种感受。

接下来的两三天里，菜穗子终于向自己坦白了这种欺瞒。旅途中的都筑明特地来看望自己，自己却为何对他那样冷酷无情，没有跟他说一句真心的话，就把他打发走了呢？她觉得那一天的自己太不成熟了——可即便已经有了这样的想法，如今的她还是觉得，如果我那天在都筑明面前老老实实地低下了头，那么倘若日后再有与他重逢的机会，到时候的自己该多么不堪啊。她不得不承认，这样想来，她反而不自觉地松了口气。

应该说，时至今日，菜穗子才真正意识到，如今孤独的自己究竟有多凄惨。她慢慢在脑海中勾画自己的惨状，就像病人起初总会小心翼翼地用手轻抚自己瘦得皮包骨头的脸颊，以此来查知自己身体的衰弱状况一样。她发现，除去还算愉快的少女时代，在她之后的人生里，既没有像自己的母亲一样，邂逅那种能仅凭一个回忆便填满自己后半生的心灵上的温暖；照现在的样子，未来也不会有任何值得期待的事情发生。现在的她距离所谓的幸福还太过遥远，但也不至于比这个世界上的所有人都不幸。只是，尽管她的心在这种极端的孤独中得到了近乎安稳的慰藉，但若拿它与这里阴郁悲凉的冬天相比，非承受不可的山里的无趣生活，则显得太过得不偿失。都筑明面对未来时尽管那样忐忑不安，却还是愿意走到生命的极限，去突破梦想的边界。在他的真挚面前，自己至今为止的生活是多么自欺欺人啊！已然如此，难道还要努力告诉自己未来仍有希望，继续打发这种无所事事的日子吗？还是说，在世界的某个地方，真的有什么东西，能让自己振作起来?

菜穗子的思绪总是如此，一旦坦诚地面对了自己的悲惨，就开始在原地徒劳地打转。

## 十九

以前，菜穗子每次接到圭介母亲厚厚的来信，都不愿意马上拆开，而是把它扔到枕边。轮到拆信的时候，也没有一次不是怀着厌恶的心情的。然后竭力克制比拆信时更加厌恶的情绪，字斟句酌地构思违心的词句，给婆婆回信。

但是，从冬天临近开始，菜穗子渐渐从婆婆寄来的信里品尝到一种与以往的空洞不同的情绪。她似乎不必再像从前那样紧锁眉头，也可以把信读完了。虽然每次收到婆婆来信，她依然不胜其烦地把它扔在枕边很久，但一旦展开信，便久久不愿释手。婆婆的信怎么不像以前那样讨人厌了呢？菜穗子并没有仔细考虑过这个问题。只有一个事实是她不想否认的：每一封信中，婆婆都通过她那歪歪扭扭的笔迹，在菜穗子眼前栩栩如生地勾画出圭介近来越发消沉的模样。

都筑明来探病后不久的一个彤云密布的傍晚，菜穗子收到了一封婆婆的来信，信封照例是灰色的，她也照例一脸嫌弃地把信放在一边。可是过了一会儿，她担心发生了什么事婆婆才写信来，便手忙脚乱地拆开了信封。可是信的内容依然与之前大同小异，并没有像自己方才幻想的诸如圭介忽然病危之类的内容，难免让她有些失望。但由于信中有些字迹潦草的部分难以辨认，她第一次读的时候心急火燎地都给跳了过去。于是，她又耐着性子从头读了一遍，随后闭上眼睛，仿佛陷入沉思。回过神后她量了傍晚的体温，确认依旧是三十七度二，便躺在床上，取过纸笔，开始给婆婆回信。握着笔的手似乎颇为无措，简直不知该如何下笔——“最近几日，这里别提有多冷了。不过，疗养院的医生们都说，只要在这里熬过一个冬天，我的身体就能复原。因此，院里大概不会如妈妈的心愿放我回家的。不光妈妈您，请圭介也一定要……”她写下这几句，用铅笔的另一头摩挲着自己凹陷的脸颊，在脑海中勾画着丈夫意气消沉的模样。以前她一用这样的眼神盯着他看，他便把脸转过去。现在，她专注的目光又不知不觉地投到丈夫的各种姿态上。

“以后能不能别再用这种眼神看我了？”被大雨困住的那一天，他似乎终是再也忍不住地对她说了这句话。圭介那时惴惴不安的样子立刻取代了他从前的所有姿态，占据了菜穗子心里全部的位置。她一个人闭上双眼，像暴风雨那天一样，不知不觉地笑了起来，那是一个有些瘆人的笑容。

一连好几天，彤云都遮蔽着天日。有时候，风不知从哪座山上吹来似雪非雪的一片片白，在空中洋洋洒洒。病人们都感叹：终于要下雪了。但每每也都仅止于此，天空依然铅云密布。那真是彻骨的严寒。菜穗子想起都筑明魂不附体的模样，他憔悴的样子根本不像是个旅人。恐怕他还是没有找到自己想要的东西吧？（菜穗子并不知道他追求的是什么）在如此萧瑟的冬季天空下，走过一个个陌生的村庄时，他心里该是多么绝望啊！菜穗子这样想着，更是打心里担心这位青梅竹马的好友，也越发觉得是时候给自己的人生下一个决断了。

“我可不像阿明，有自己非干不可的事！”每到这种时候，菜穗子便深刻地体会到这一点，“也许是因为我已经结婚了？我是不是也像其他结了婚的女人一样，只能活在不属于自己的世界里了呢……”

# 二十

一天傍晚，一列上行的列车从信州腹地驶出，载着可以算是半个病人的都筑明，一步步接近紧邻上州的O村。

这惨淡冬日里将近一周的旅行，耗尽了都筑明最后一点儿力气。他不住地剧烈咳嗽着，好像还发着高烧，只管闭着眼睛，整个身子无力地倚在窗框上。窗外光秃秃的落叶松和栎树林越发浓密起来，他偶尔抬起头呆望着林木，心里满是怀念。

都筑明特意请了一个月的假，用来在冬季的旅途中思考自己未来的出路。若是这趟旅行一无所获地告终，未免和自己的初衷相去甚远，是以他怎么也不愿敷衍了事。眼下，他打算先回O村，在村里稍作休憩，等身体恢复，再继续这趟关系到一生命运的旅程。早苗结婚后，丈夫调往松本[1]工作，想必她此刻也不在村里。都筑明虽然因此感到些寂寞，但这多少可以让他安心地抱病住进村子。

1 位于日本甲信地方中部、长野县中部的城市。

况且，如今能把他当作至亲一般看护的，也就只有牡丹屋的那群人了……

火车穿过一片又一片茂密的森林，不计其数的落叶松从窗边擦过，枝丫上早已荒无一物。光秃秃的树梢间能看见沐浴在白雪中的浅间山，仿佛镶嵌在铅灰色的天空里一般。山头隐约腾起的袅袅烟雾随着风势四处飘散。

机车吭哧吭哧地喘了一阵子气后，都筑明终于意识到列车已经接近了O村的车站。坐落在山脚下的O村，房子、田地、树林、一切的一切都是倾斜的。听着机车此时此刻的喘息，都筑明浑身上下忽然像发了烧一样开始颤抖。这一年从春到夏，每个日薄西山的黄昏，只要他在林子里听到机车声，就知道傍晚的上行列车快开到村里的车站了。眼下这辆列车发出的声音正是那深深刻在他记忆里的声音。

火车驶入山谷背阴处的小站，都筑明勉强忍住差点冲出喉咙的一阵狂咳，竖起外套的衣领走下车。除了他，只有五六个当地人在这里下车。脚触到地面的那一刻，他的身子狠狠地晃了一晃。而他故意把自己的小书包狠狠地从左手换到右手，仿佛这个趔趄是刚刚开车门时暂时提在左手的书包惹的祸。走出检票口时，他头顶的一盏昏暗的灯泡恰好点亮。他看着自己毫无生气的脸在候车室脏兮兮的玻璃窗上一闪而过，然后便消失得无影无踪，仿佛被什么吞噬了一样。

由于白日短暂，才五点，四下里就都暗了下来。这个山边的车站不通巴士和其他交通工具，都筑明只得自己提着小小的书包，步履维艰地走在通往村前那片森林的长长坡道上。一路上，他多次停下来歇脚，傍晚的空气很快就凉透了，都筑明从头到脚忽而冷得要打寒战，忽而又像火烧一样热，到了后半程，身体已然麻木。

森林越来越近了。那栋行将倾塌的农舍仍然立在林子边，有条脏兮兮的狗在门口打转。都筑明突然没来由地想起，以前和菜穗子小姐骑车郊游回来的时候，总有一条黑狗跟在自行车后面飞奔，惹得菜穗子哀叫连连。但眼前这条狗是棕色的，并非之前那一条。

虽然天色已晚，林子里倒还算敞亮。因为所有树上的叶子几乎全都掉光了。这片森林承载着都筑明太多的回忆。当他还是个少年的时候，骑着自行车横穿炎热的原野回到这片森林，立刻有让人神清气爽的凉气扑上他火热的脸颊。想到这里，都筑明条件反射般伸出空出来的那只手，摸了摸自己的脸。在傍晚彻骨的寒气里，他裹挟在奇妙的情绪中，弯着身子精疲力竭地赶路，鼻息粗重，脸颊滚烫。此时此刻的自己，竟不可思议地和少年时骑在自行车上，面颊通红、气喘吁吁的自己重叠在了一起。

都筑明来到林子中央，道路分成了两条。一条笔直地通往村子，另一条通往他和菜穗子以前去避暑的别墅区。通往别墅区的岔路上杂草丛生，是一条平缓的下坡，弯弯曲曲地徐徐绕到别墅后面。每当头戴草帽骑在车上的菜穗子拐进这条路，总会露出一口洁白的牙齿，向驱车紧跟在后面的都筑明大喊："嘿！你看，我双手脱把……"

都筑明把手里的小书包丢在路边，痛苦地大口喘息着。不过，年少时的回忆不经意间在他的记忆里复苏，又为他早已疲惫不堪的心注入了少许活力。“自打我来到这个村子，那些早已忘怀的往事就活灵活现地出现在眼前。这到底是为什么呢？这些记忆好像还在接连不断地涌上心头，难道是因为发了烧，我才有这种奇怪的感觉？”

森林里彻底暗了下来。都筑明再一次弯下腰，拿起他的小书包，在幽暗伤感的气氛里，忘乎所以地挪着步子，只管一个劲儿地往前走。半路上，他忽然仰头望了望森林上空，那里还是亮的。高大挺拔的桦树光秃秃的枝丫交叉在一起，在微亮的天空里织成一张细密的网。这张网，又不由得让都筑明想起了一些忘却已久的往昔。他自己也不明白个中原因，但回忆恰似一首温柔的歌里的一个小节，仿佛来自天界，给予了他瞬息的慰藉。他出神地仰望了一阵子那张由枝条织成的网，再次弓着背前行时，已经不知不觉地将这一情景抛到脑后。可即使他不再想了，回忆依然在他耸着肩膀、一步一喘着向前的路上不断抚慰着他。

“我要是就这么死了，那还真是痛快啊！”他忽然这样想。

“可是，你必须继续活下去啊！”他又半安慰自己似的自言自语。

“人生如此孤独，如此空虚，为何非活下去不可？”有一个声音向他发问。“这若是我的命运，我就别无选择了。”他的回答几近天真，“我到底是在连自己究竟想要什么都不知道的时候，就失去了一切。我就像那黄昏时分飞向黑暗的蝙蝠，仿佛害怕看到一无所有的自己。我终于挣脱了一切、义无反顾地踏上了这趟冬季之旅，可我到底想通过这次旅行得到些什么呢？目前为止，这趟旅行只是让我彻底明白自己究竟永远失去了什么。如果能清醒地意识到我的使命就是无止境地忍耐这种失去，我想我也可以拼命忍耐下去——唉，虽说如此，现在光是被高烧和恶寒轮番折磨，我就已经要吃不消了……”

这时，森林终于到了尽头，隔着一片光秃秃的桑田，火山脚下整片倾斜的村庄就在眼前。家家户户正如常升起袅袅的炊烟，阿叶家里也不例外。都筑明终于松了口气，一时之间也忘记了全身上下异乎寻常的冷热交织，眺望着这一幕安详的黄昏景致。不知怎的，他忽然模模糊糊地回忆起自己孩提时代便撒手人寰的母亲的面容，那是一张略显苍老的脸孔。这时他才发觉，方才在森林里的时候，在桦树的枝条织就的网上一闪而过的模糊轮廓，与亡故多年、几乎就要被自己遗忘的母亲的面庞何其相似。

## 二十一

连日的旅途劳顿，给都筑明的身体带来了沉重的负荷。许是因为放松了精神，自打下榻牡丹屋的那一天起，他便卧床不起。村里没有医生，但他坚持不让大家到小诸市[1]里去请，仅凭自己残存的气力与病魔斗争，倒也挺过了痛苦的高热。都筑明似乎深信自己并无大恙，阿叶她们也尽量不破坏他的斗志，尽心尽力地在他身边看护着。

高烧中的都筑明紧锁眉头，昏昏沉沉中，他仍不依不舍地回想着自己在这次旅途中的每一种面相。在一个村子里，他被几条狗追得落荒而逃；在另一个村子里，他看见了一群烧炭的人；他还曾在黄昏时分，在一个村子找一处下脚的地方，村里到处是呛人的炊烟。有一次，都筑明从一户农家前面走过，有位面容苍老的女人呆立在门口，她背上的孩子不停哭闹着，引得他回头看了好几眼。还

1 位于日本长野县东部的一个市。

有一次，阳光淡淡地打在村里的粉墙上，他伤感地望着自己的影子孤零零地经过那堵墙……都筑明的脑海中浮现出这个静默的冬季之旅中的每一幕情景，每一个神情恍惚的自己逐一闪现，徘徊在他眼前……

每到傍晚，那辆几天前将都筑明从旅途中带到这里的上行列车便呼哧呼哧地攀上O村的斜坡，徐徐接近车站。那越来越清晰的声音让他难过。蒸汽机车的喘息将徜徉在都筑明眼前的无数个自己赶得无影无踪，只剩下那天傍晚走下火车，朝这个村庄艰难前行的那个疲惫不堪的自己，还有蹒跚着走在林子中间，仰望头顶上密布的桦树枝条时，恍惚间听到一段温柔歌声的自己。这一幕画面，总是与一阵难以言喻的心悸一齐出现——走出树林前，他猛然意识到方才头顶的那幅图景与年幼时便阴阳两隔的母亲的面容极为相似时，也感受到了同样的心悸。

几天以来，都是一位年轻的老板娘在照料都筑明。她忙不过来的时候，看护女儿的阿叶便会抽空来提醒都筑明吃药。都筑明看着阿叶略显苍老的面庞，忽然觉得这位四十多岁的女人有着说不出的亲切。每当阿叶坐在自己的床边，他便觉得，几乎消失在记忆中的母亲温柔的面庞，又一次不可思议地出现在枝条织出的网上，清晰可辨。

“初枝小姐近来怎么样？”都筑明简单地问了一句。

“还是老样子，真叫人不知该如何是好。”阿叶凄然一笑，如此回答。

“不管怎么说，也过了八年啦！上次我带着她从东京回来的时候，大家也都觉得惊讶——她这样的身体，居然能拖到现在。多亏了这儿的气候好啊！——大伙儿每天都在说，要是都筑明先生这次能在这儿把身子彻底养好，就最好不过啦！”

“嗯，要是我真能好起来……”

都筑明喃喃自语着，只给了阿叶一个亲切的笑容，仿佛在寻求她的肯定。

十二月过半的一个傍晚开始，都筑明在旅行时盼望已久的雪终于下了起来。这场突如其来的雪下到第二天早上，森林、田野、农舍全都被盖得严严实实，却依然轰轰烈烈地下着。此时的都筑明却像是已经不再执着，只是偶尔从床上坐起来，隔着玻璃窗没精打采地眺望后院已经白茫茫一片的田地和远处的杂木林。

临近黄昏的时候，雪停了一阵。天空里仍然满是彤色的云朵，风徐徐刮了起来。积在无数棵树梢上的雪便像粉末一般，顺着风势扑簌簌地落了下来。听到这风声，都筑明到底是忍不住了，又从床上坐起来，把目光投向窗外。覆盖屋子后面田野的一片纯白在风里不停地摇动，他饶有兴致地守望着眼前的景象：田野上先是扬起一缕雪烟，烟幕团成一股冰凉的火焰，随风肆虐。风过后，那团火焰也消失得无影无踪，只在茫茫雪地上留下羽毛般的痕迹。不多时，下一阵风又来了，新的雪烟再一次肆虐成冰凉的火焰，把先前留下的羽毛埋得全无影踪，又留下一片几乎与方才没有分别的毛糙。

“我的一生就像那股冰冷的火焰——一定会在走过的路上留下些什么吧。或许另一阵风吹过后，痕迹也会消失得无影无踪，但是，今后一定还会有和我类似的人走过他们的人生，留下和我类似的痕迹。命运就是这样，从前往后，不断向下传承的……”

都筑明独自追寻着自己的思绪，不住地望着窗外白皑皑的明亮。屋里的光线慢慢暗了下来，他也好像丝毫没有察觉。

## 二十二

雪仍旧轰轰烈烈地下着。

菜穗子越来越焦虑不安。她穿上皮鞋，走了出来，企图避开其他病人和护士的目光。几次差点被发现，又退回了自己的病房。最后她终于沿着阳台走到疗养院的后门，得以神不知鬼不觉地脱逃。

菜穗子穿过杂木林，沿着后街直奔车站。狂风卷着雪花迎面而来，一路上，她不得不经常弯下身子，收住脚步。抄小路的话，只需大概半公里就能走到车站，她起初只是想在风雪里走走看，想要走到车站附近就回来的。今天早上她收到了婆婆的一封信，信上说自己有点感冒，已经在床上躺了约莫一个礼拜。她把回好的信揣在大衣兜里，打算把信扔进车站旁的邮筒就回疗养院。

她沿着小路走了一百多米，一个穿着瘦腿裙裤的女人斜撑着伞从对面走来，两人刚刚擦肩而过，那个年轻的女人忽然开口道："哎呀，这不是黑川夫人吗？您要去哪儿？"

菜穗子吓了一跳，急忙回头。原来是菜穗子那栋住院楼的护士，对方用围巾把脸包得严严实实，穿着瘦腿裙裤，十足的本地人打扮。

“就去一下那边……”菜穗子尴尬地抬头笑了笑，一阵风雪吹过，她只得又低下头。

“您要早点回来哦！”对方特别叮嘱了她一句。

菜穗子脸也不抬，只默默地点了点头。

她又顶风冒雪走了一百来米，终于来到了铁路道口。菜穗子都想就此打住，直接回疗养院了。她在路口站了片刻，用戴着粗毛线手套的手掸落头发上的雪花。这时候，她不经意间想起了刚才那名爽快的护士，自己这鲁莽的出逃被她抓了个正着，对方居然也没说什么。她想起护士像俄国女人一般用围巾把脸围得严严实实。菜穗子这么想着，也学着对方的样子用围巾裹住整张脸。然后，她一边感激幸亏刚刚撞见的是那名护士，一边迈开步子，继续冒雪往车站走去。

这个露天的火车站坐南朝北，狂风暴雪从一个方向吹来，把车站的一边刷得雪白。站旁停着一辆老旧的轿车，也是只有半个车身埋在雪中。

菜穗子在车站里，打算歇歇脚再走。她发现自己的半个身子不知在什么时候也被雪染成了白色，便到车站外头，细细地掸掉身上的雪。接着，她一边无所事事地往车站里走，一边解开裹着脸的围巾。没想到围在一只小火炉边取暖的乘客不约而同地回过头来看她，然后又齐刷刷地从火炉边散去，像是在有意躲她。菜穗子不禁皱起眉头，别过脸去。其实是因为那时候下行的列车刚好到站，只不过她没注意到而已。

果然，这辆车也只有一侧沐在风雪当中。约莫十五六个乘客下了车，直勾勾地将穿着大衣站在车门口的菜穗子打量了一通，互相说了几句什么，便一一往外面的雪地里走去。

“听说东京那边也下得很大啊！”当中不知是谁说了这么一句。

菜穗子唯独将这句话听得真切。她一边怔怔地望着车站外面埋在雪里动弹不得的老旧汽车，一边在心里想着：东京真的也会下这么大的雪吗？又过了一会儿，她觉得自己喘得不那么厉害，该往回返了。菜穗子环视车站一圈，火炉周围不知何时又围了一群人。这些人看上去大部分都是当地的，有一搭没一搭地聊着天，偶尔好奇地看看站在门口的菜穗子。

上行的列车在前面两三个车站与刚才经过的下行列车交会后继续前行，眼下似乎快要进站了。

菜穗子忽然在心里想：这辆上行列车会不会也只有一侧被雪染成纯白呢？紧接着，她仿佛忽然看见了兴致勃勃地走在某个村庄里的都筑明，同样是半边身子沐在雪中。刚才，她把快要冻僵的双手插进大衣的衣兜里取暖，这时候她感到自己的手正隔着手套，来回捏着要寄给婆婆的信和皮质的钱夹。

方才围在火炉旁的十几个人又离开了火炉。菜穗子见状急忙走到售票处，在窗口弯下身子，掏出了钱夹。

“去哪儿？”窗口里的人问话毫不客气。

“新宿……”她慌不迭地答道。

那趟上行列车一如菜穗子想象中那般，一侧铺满了皑皑白雪停在了她面前。菜穗子迈开脚步跨上了阶梯，仿佛身后有一股无形的巨大力量推动着她。

她来到三等车厢，里面的乘客见了满大衣沾着雪的菜穗子，都齐刷刷地打量她这身不寻常的打扮，目光直勾勾的，毫不收敛。菜穗子皱起眉头，心想："八成是因为我的表情太紧张了。"门边有名身着铁道局工作服的老人正坐在那里打瞌睡，菜穗子在他旁边坐了下来。火车启动，向高原中央挺进。雪深不可测，根本分不清楚附近哪里是山峦、哪里是林地。到了这个时候，车里的人似乎已经忘记了菜穗子这个人，再也没有人看她了。

菜穗子好不容易定下神来，开始思考接下来要做什么。直到这时她才发现，总是飘荡在自己身边的消毒水和甲酚的味道，已经换成了车厢里乘客的体臭和烟味，难闻到让人窒闷。对她来说，这仿佛是一种预兆，预示着自己即将回归令人怀念的生活气息之中。想到这里，她竟连胸口的窒闷感都忘了，只觉得浑身掠过一股奇怪的战栗。

窗外的风越来越大，透过狂舞的雪花，只能隐隐约约地看见铁路附近的树木和农舍。但菜穗子还是知道火车现在大体的行进方向。她知道，数百米开外便是那座寂寞荒凉的牧场，那棵曾让她觉得酷似自己的、有一半已经枯萎的大树，在此刻闪过她的脑海——这棵树也只有一半被染得雪白，孤零零地在冰天雪地里立着，充满悲剧色彩。她忽然感到心里一阵悸动。

"我为什么没冒着风雪去看看那棵树呢？如果当时往那边走，

我现在就不会坐在这辆火车上了……”车厢里飘荡的味道仍然让她胸口发闷，“现在疗养院里肯定乱成一团了吧！到了东京，也一定会吓大家一跳。这么一来，他们会怎么对我呢？现在如果想回去还来得及，我怎么好像开始害怕了……”

菜穗子一面不停地想着这些，一面又盼着火车快点开过信州边界。她又是担惊受怕，又是急不可待地望着窗外，火车就这样终于开过雪国高原的尽头，她眼看着最后一片几乎没有印象的、像样的林地渐渐远去。

## 二十三

东京也是大雪纷飞。

菜穗子已经在银座后面一家德国面包铺的角落里，等了圭介差不多一小时。可她脸上没有一丝焦躁的神情，面包铺里一传出什么香味，就立刻眯起眼睛深呼吸，仿佛那就是逐渐回到自己身边的生活气息。她透过雾气参半的玻璃窗，聚精会神地看着在大雪里来去匆匆的行人。要是圭介在她身旁，八成又要劝她收起那种目光了。

已近黄昏，但许是因为大雪的缘故，店里除了菜穗子以外只有三四桌客人，稀稀落落地坐着。门边有一位画家模样的年轻人，单脚搭在暖炉上，不时回过头来，好奇地看着菜穗子。

菜穗子发觉有人注意自己，马上检查起自己的仪表：好久没洗过的乱蓬蓬的头发、高耸的颧骨、稍有些大的鼻子、没有血色的嘴唇——尽管在年轻的时候，长辈们总会有些惋惜地说，要是这孩子长得再和善些就好了。不过她现在这副样子丝毫不影响这种与众不同的美，只是在原本的美丽之上平添了几分忧郁。菜穗子的那身城里人打扮，在山区的小火车站上是颇引人注目的，但如今在这条街上，就和一般人没什么两样了。只是她那苍白的脸色，有着从山中疗养院里带回来的沧桑，和其他人有着微妙的不同——只有这一点是怎么也掩饰不住的。她不时用手抚摩着脸颊，仿佛这样做就能遮挡住什么似的……

菜穗子忽然觉得有人直直地站在自己面前，吃惊地抬起头。

圭介正低头看着菜穗子。他身上的大衣有一边还留着残雪，看样子在外面掸过了，不过没掸干净。

菜穗子淡淡地笑了笑，连个招呼也没打，只是为圭介挪了挪身子。

圭介一脸不悦地在她面前坐下，过了好一会儿都不发一言。

“忽然从新宿站打电话过来，真是吓人一跳啊！到底是怎么回事？”他终于开了口。

菜穗子依然和刚才一样，只是淡淡笑着，什么话也不说。早晨她从风雪飘摇的疗养院里溜出来的小小冒险，在山里厚厚积雪覆盖的车站突然下定的决心，三等车厢里弥漫的生活气息给她带去的奇怪的战栗——这些过往转瞬间在她的心里复苏。她发现，自己这段时间里着了魔似的行为，到底是很难向别人有条有理地讲明白的。

菜穗子只是把眼睛瞪得大大的，凝视着自己的丈夫，仿佛这就是回答。她似乎是打算不发一言，希望丈夫能在自己的眼睛里找到答案。

妻子如今这特别的眼神，正是圭介在那些孤独的日子里梦寐以求的。可当两个人面对面地坐下来，天生的怯懦又使他不得不避开菜穗子的目光。

“妈妈生病了。”圭介张口便是这句话，眼睛依然看着别处，“就别再给我添麻烦啦！”

“对哦。是我不好。”菜穗子深深地叹了口气，似乎是发现自己想错了什么。接着，她的语气出人意料的爽快，“我一会儿就回去了……”

“一会儿就回去？雪这么大怎么回啊？找个地方住上一晚，明天再回怎么样？不过，可别回大森的家里去，毕竟就在妈妈眼皮底下……”

圭介左思右想，焦躁不堪。他突然抬起头，低声说道：“你愿意一个人住旅馆吗？我知道麻布[1]有一个小旅馆，挺舒服的……”

菜穗子原本还很好奇丈夫要说什么，把脸凑近了他的脸，但听完他的话马上挪了回去，无精打采地回答：“我无所谓的……”

菜穗子一直觉得自己做了非同一般的决定才来到这里，可是刚才和丈夫面对面地说着话，她忽然不明白自己为什么要冒着那么大的风雪，从山里的疗养院偷偷跑到这儿来了。她不顾一切地回到丈夫身边，就是想看看丈夫第一眼见到她的时候，露出的是什么样的表情。她几乎为此赌上了自己的一生，可是回过神来，却发现两个人不知不觉地又恢复了从前夫妻之间的相处模式，一切好像都变得含糊不清。习惯真是会欺骗人的东西……

菜穗子心里这么想着，却满不在乎地用一贯空洞的目光一眨也

1　日本东京港区的一个区域。

不眨地看着丈夫，仿佛是在凝视什么，又仿佛什么都没有看到。

这一次，圭介不知所措地用自己的小眼睛牢牢接住了妻子的目光。接着，他突然羞红了脸。他刚才提到的那家麻布的小旅馆，其实不久前偶然和同事一起从它前面路过过。当时同事半开玩笑地叫他记住这个地方，因为那边没什么人去，再适合幽会不过了。此时此刻，他竟没来由地想起了这件事。

菜穗子不知道圭介脸红的原因，但她却忽然觉得，自己不顾一切地来见丈夫的原因，似乎马上就能搞清楚了。

可是这时，丈夫开始催着她动身。菜穗子暂停了思考，从桌旁站起身来。她再一次将这家不时散发着好闻气味的面包店看了个遍，然后恋恋不舍地跟在丈夫后面走了出去。

雪仍然一刻不停地下着。

街上的人穿着各式各样的防雪装扮，在大雪中急匆匆地赶着路。菜穗子像在山里那样，用围巾把脸裹得严严实实，圭介帮她打着伞，她却不管不顾地快步走在前头，钻入人群当中。

他们穿过数寄屋桥[1]上的人潮，终于打到一辆出租车，往麻布深处的那家旅馆驶去。

出了虎之门后，车拐了一个大弯，爬上一个有点陡的坡。半路看见一辆车陷进路边的水沟里动弹不得，车上已满是积雪。菜穗子透过雾蒙蒙的车窗看见那辆车，便想起在山里看见的那辆停在车站

1 原本位于东京银座附近的一座桥，是当时银座地区有代表性的建筑之一，现已被拆除。

外面的破旧车子，车身一侧承受着风雪猛烈的袭击。接着，在车站突然决定来东京之前的心理状态格外清晰地呈现在她的脑海中。当时，在她的内心深处，只是决意要把自己全盘托付给某样事物。至于那样事物究竟是什么，她根本不知道，只是觉得如果不试着把自己的一切都交付出去，只怕永远都不会知道了——此时此刻，她忽然觉得，那个人就是坐在自己身边的圭介，可是与此同时，她又觉得应该是另一个不像圭介这般的人……

几个小男孩和小女孩分成两队，在一座像是某个国家领事馆的官邸前面打雪仗，当中还有几个外国小孩。菜穗子和圭介坐的车缓缓地从他们旁边经过的时候，不知哪个孩子扔了个雪球，正好砸在圭介那边的窗子上，溅得四处都是。圭介下意识地伸出一只手挡住脸，板起脸来看着那群孩子。但孩子们一心扑在打雪仗上，根本没人注意到他。圭介看着孩子们玩耍的模样，忽然自顾自地微笑起来，还饶有兴致地回过头看了许久。

“原来这人这么喜欢小孩啊？”菜穗子坐在圭介身旁，他方才的表现让她有些喜欢，她第一次发现丈夫的性格中还有这样一面……

不久，车子拐了个弯，忽然驶入一条树木茂密、荒无人烟的小道。

“前面就到了。”圭介已经坐不住了，急不可耐地告诉司机。

菜穗子面朝小路，很快就看见一栋小洋楼，几棵积着雪的棕榈树将楼房和道路隔开。她想，应该就是那里了。

## 二十四

“菜穗子，你到底为什么要在这种时候突然跑回来？”

圭介刚刚问出口，就意识到自己已经问过同样的问题了。他想起第一次问的时候，菜穗子只默默地盯着自己，脸上露出若有若无的微笑，于是急忙多问了一句：“疗养院里发生什么不愉快了吗？”像是害怕再次得到她沉默的回答。

圭介看出菜穗子似乎不知该如何作答。不过他丝毫没有想到，菜穗子是在为不知该怎么解释自己的行为而苦恼。他只是担心其中是否有什么让自己更加不安的理由。但与此同时，他又从未像现在这样想要知道事情的真相，哪怕答案可能让自己陷入巨大的担忧，眼下也要追根究底地问个明白。

“以你的性格来看，想必是经过深思熟虑才会做出这种事的……”圭介继续追问。

菜穗子一时无言以对，她透过旅馆朝北的窗口，俯视在这一带的浅浅山谷里密密麻麻排开的低矮房屋。雪给这片谷地里的城镇盖上一层纯白，这道纯白山谷的对面，能隐隐约约地望见某个地方的教堂，尖尖的屋顶夹在皑皑白雪中间，亦真亦幻。

那时菜穗子意识到，自己若是站在对方的立场上，会先解开心中的疑惑，而圭介却是想先解决当下的事情，之后再去仔细想想这是怎么回事。她觉得这确实像是圭介会做出来的事，但依然想让丈夫再多靠近自己一些——他好不容易才渐渐靠近了自己的心。她闭上眼睛，再一次试图用丈夫也能听懂的方式来解释自己的行为，可在性急的对方眼里，她的思考无疑仍是沉默的作答。

“你不觉得这也太出格了吗？干出这种事来，让别人怎么想啊？”

圭介似乎已放弃了刨根问底的念头。这一番话让菜穗子觉得，丈夫与自己的心又忽然拉远了距离。

“这种事，别人爱怎么想就怎么想呗。”

菜穗子立刻挑起丈夫话里的毛病来。与此同时，平日里对丈夫的愤懑也一股脑儿地涌上心头。这种情绪连她自己都始料未及，也无暇压下这股怒火。她于是半带怒气，口无遮拦地说：“这场雪下得太精彩了，我待不住了。于是，就像个不懂事的小孩儿一样，一定要做些自己想做的事。仅此而已……”菜穗子说着这些，忽然想起近来一直都很挂念的都筑明那孤独的身影，不知为何就红了眼眶，“所以，我明天就回去了。也会跟疗养院的那些人这么解释并且道歉的。这下你满意了吧？”

菜穗子眼里含着泪水，说出这番此刻之前完全没想过的说辞。她原本只想故意刁难一下丈夫，但说着说着，她连自己都搞不懂自已了，甚至也开始怀疑这套说辞中是否真的包含着让自己这样做的原因。

或许当真如此吧，菜穗子说完这些，顿时觉得心情都豁然开朗了。

接下来，两人谁都不开口，就这么沉默着俯瞰窗外的雪景。

“这次的事我还没跟老妈说呢。”过了一会儿，圭介开口说，“你也别告诉她。”

圭介说着，眼前忽然浮现出母亲最近苍老了不少的面容。他不由得松了口气——这件事看样子好歹能先告一段落，不至于闹得沸沸扬扬。但他又开始觉得自己做得不太好。有那么一瞬，他突然觉得菜穗子很可怜。“如果你这样做是因为太想回到我的身边，那一切就另当别论了。”要不要跟妻子说这句话，他很是犹豫了一阵。但他转念又想，菜穗子看上去原本已经不像个病人了，若是自己在这节骨眼上说出那种话，最后又要她再回到那山里的疗养院去，也太不合情理了。无论发生什么，菜穗子明天都会回疗养院——两人之间达成的这个共识无疑给圭介多留了一些余地，正因如此，他才想问出那样的话，来试探对方的心意。当他意识到这个事实时，他决定不在这种问题上坚持了。不过，在他的心底，又是多么想抓住刚才心潮暗涌的时刻，抓住两颗心就要贴在一起之前颤抖的瞬间，让它们永远留在自己和妻子之间啊！可就在这样的时候，母亲苍老的面容又清楚地在他心头浮现——即使卧病在床，她依然守望着儿子的一举一动。在圭介这个胆小的男人心里，母亲近来显著的苍老，乃至生病的缘由，仿佛都与自己和菜穗子现在在此地的所作所为不无关系，这让他愧疚不已。他做梦也想不到，自己的母亲近来其实已几欲向菜穗子抛出橄榄枝。他最近终于不再像前一阵子那样，为菜穗子的事情深深地懊悔了。近来母子二人已经重归相依相伴、无风无浪的日子，他又开始从这份慵懒之中感到一种安逸——圭介心里争斗了一番，最终决定再等一段时间——车到山前必有路，在那之前，只能再委屈菜穗子一阵子了。

菜穗子已经不去想这些了，她一直面朝大雪纷飞的窗外，出神地望着那在暮色四合的谷地对面忽隐忽现的教堂的尖屋顶。不知怎的，她觉得自己小时候曾见过和它一模一样的建筑。

圭介掏出怀表看了看时间，菜穗子瞥了他一眼道："你请回吧。明天不用过来了，我一个人能回去。"

圭介手里拿着怀表，忽然开始在脑海中描绘菜穗子明天早上在纷飞的大雪中离开，回到雪越发苍茫的山里，继续一个人生活的情景来。此前早已被他在无意间忘却的那股刺鼻的消毒水的味道，和病魔与死亡的不安情绪在他的心里复苏，仿佛带着某种摄人心魄的力量。

两人话语之间，菜穗子一直注视着丈夫茫然若失的脸，无意之中，她的唇边浮现出一个纯真的微笑。她以为，丈夫或许在下一刻就会明白她的心，对她说："在这家旅馆多住上两三天可好？不要让任何人知道，就咱们两个悄悄地过……"

可是丈夫摇了摇头，像是要把某种念头从脑子里赶走。他什么都没有说，只是将握在手里的怀表慢慢地装回了衣兜。这仿佛是在告诉菜穗子，他必须得回家了……

圭介踏着厚厚的雪回去了。菜穗子在光线暗淡的门边目送他离开后，径自把脸贴在玻璃窗上，隔着那几棵从头到脚都披着白雪、如怪物一般的棕榈树，呆呆地眺望黄昏里的雪景。雪还远没有要停的意思。有那么一段时间，菜穗子的心里空落落的。一些分不清是否与此刻的心情有关的片段，接二连三地爬上她的记忆，随即又被忘得一干二净。比如说山里那只有半边身子沐在风雪里的车站；再比如说刚才自己眺望了很久的、不知是哪里的教堂，那个尖顶似曾相识，她却怎么也想不起来到底在哪里见过它；又比如说默默忍受着一切的都筑明；还有刚才那群欢叫着打雪仗的孩子……

这时，她背对着的厅里的电灯总算点亮了。电灯一亮，菜穗子靠着的那面窗户就开始反光，外面的风景顿时模糊了起来。她这才明确地意识到，今晚自己只能独自待在这家小旅馆了——从刚才到现在，她只在旅馆里看到过两三个外国人。不过，她几乎没什么时间为了这件事寂寞或懊悔，因为另一个念头忽然在她心里铺张开来。今天的她像是为什么东西着了魔一样，而就在她不顾一切、为所欲为的时候，几个人生的片段竟突然闪现在眼前。之前的她总在一个地方打转，是绝对不可能回忆起这些的。而正是这些片段，在冥冥之中为她指出了一条新的人生之路。

菜穗子沉浸在自己的思索中，依然心不在焉地望着外面的风景。窗外已经什么都看不清了，只剩下白茫茫的一片，她的脸贴在凉凉的玻璃窗上，渐渐愉快起来。厅里已经暖和起来，她甚至觉得脸颊有些发烫。而她在舒适的氛围中，仍然不由自主地想起自己明天必须回那所山里的疗养院去，那里的严寒沁入骨髓……

服务员走过来通知她晚饭已经准备好了。她沉默着点了点头，忽然觉得肚子空空的，于是没有回到自己的房间，而是径直朝里面走去，走向不久之前便隐约有碗筷轻响传出的食堂。

三个圈

经典就读三个圈　导读解读样样全

# 三个圈
# 独家文学手册

# 导　读

## 徘徊与奔往：堀辰雄《菜穗子》中的生命意识

文：陈嫣婧

（青年学者，知名书评人）

## 一、走向成熟的堀辰雄

“…… 为了写那篇小说，我付出了多年的努力 …… 渐渐地有了小说的样子，终于在7年后完稿了。”这是日本作家堀辰雄对小说《菜穗子》的创作历程的简短回顾。1936年，也就是在未婚妻矢野绫子患病去世后的翌年，堀辰雄创作了小说《起风了》，该小说后来成为中国读者最熟悉的作品。几年后，他开始创作《菜穗子》，并于1941年2月脱稿，3月发表于《中央公论》。自《物语之女》（1934年）问世以来，已经过了大约7年。关于《菜穗子》的创作，作者曾写下这样一段话：“…… 1935年的夏天到冬天，我住进了信州富士见的疗养院 …… 秋天的时候，创作欲渐渐涌上心头，开始构思之前的腹稿《物语之女》的续篇，但无论如何也未能成功。”信州富士见的疗养院正是堀辰雄陪伴绫子度过最后日子的地方，看护病人的沉重压力加上目睹未婚妻逐渐走向死亡的精神折磨极大地摧残了他的心志，使他无法安心写作，小说的推进计划就这么被耽搁了。直到1938年4月，堀辰雄与加藤多惠子结婚，步入中年期的他开始在稳定的婚姻中重建现实生活，并且预备了足够的思考来继续那个未完的续篇。

1904年，堀辰雄出生于日本东京，只活到了48岁，是昭和时代新心理主义的代表作家。他的父亲堀滨之助原是广岛藩的一名武士，明治维新后前往东京工作，并与本地的一位商人之女——西村志气结婚。堀辰雄出生后两年，母亲便得知父亲在老家还有一位原配夫人，只是她无法生育。这位原配夫人上东京来找父亲，事情才不得不被揭穿了。显然，父亲隐瞒了自己的真实情况，母亲不堪其辱，愤而离家，并在两年后改嫁雕金师上条松吉。堀辰雄与继父和母亲的感情甚笃，从小就展现出极大的文学天分，高中阶段便得到日本名作家室生犀星[1]的赏识，之后经其介绍得以与芥川龙之介相识。在考入东京帝国大学文学部国文科后，堀辰雄顺利进入文学圈，开始了创作生涯。然而，与平顺的文学事业截然相反的是他的身体状况。高中时，母亲因关东大地震而意外溺亡，巨大的打击使堀辰雄肺病发作，开始咯血。这种在当时根本无法彻底治愈的顽症便从此伴随了他一生，可以说耗尽了他大部分的心力。因此，堀辰雄的创作量并不大，最著名的两部小说《起风了》和《菜穗子》的篇幅也都不长，充其量也只能算是“小长篇”。但这并不能证明写作只占据堀辰雄生命中的一小部分，恰恰相反，由于身体的原因而无法自由地投入写作这件事，反而促使他的作品拥有更高的精神浓度。这当然也与心理小说的题材及其创作方法有关，但作家对某一种风格的执着往往不是来自对某种理论或对某种技术的追求，而是渴望自我表达的原始欲望。

---

1 室生犀星（1889—1962），日本诗人、小说家。本名室生照道，别号鱼眠洞。——编者注

更何况，堀辰雄一生目睹了太多他人的死亡，从母亲、继父等亲人的死，到爱人矢野绫子的死，到恩师芥川龙之介的死，再到学生立原道造的死。频繁发生的死亡使他的创作自一开始便呈现出对生命终极意义的思考，特别是芥川龙之介的自杀，对堀辰雄来说绝对是一次足以颠覆一切的精神事件。事实上，从整理芥川的遗物及为其出版全集开始，堀辰雄一生都在思考着老师的“死”，就像思考着自己的“生”一样。可以说，建立在死亡之上的生命观始终影响着堀辰雄的创作。因此，当他一次次从他人的死亡走向自身思想和感性的成熟时，便借着《菜穗子》更为全面地呈现了这个基本的生命伦理问题。在以往的作品中，堀辰雄偏重从感受的角度出发理解死，而在这部作品中，他尝试将感受上升到价值的高度，同时又试图将其下降至本能的维度，使这一问题的层次更丰富，也更能呈现出一种整体感。他选择使用女性作为主角，似乎也是因为看到女性身上自有一种包容性。在她们那里，本能、感受和价值是不被区隔开来的，是合一的、圆融的。当然，这种圆融的背后其实是“暧昧”，是对自身的不全然理解和接纳。也就是说，女性往往无法将自身完全地客体化。也因此，这种包容性排斥一切哲学式的分析，或者说，它的形式难以被抽取，只能被艺术化地表达出来。而这，与堀辰雄本人独特的写作风格是不谋而合的。《菜穗子》的完成将堀辰雄的写作生涯推向了高潮，但可惜的是，在之后的10年里，因为肺病的逐步恶化，堀辰雄再难有作品问世。在1953年，堀辰雄于病榻之上结束了自己的一生。

## 二、群像与复调叙事

《菜穗子》的结构从表面上看是比较松散的，如果根据情节划分，其实是分别讲述了菜穗子、菜穗子母亲和都筑明三个人各自的故事。母亲三村夫人幼年接受过良好的教育，丈夫去世后，她来到O村居住，并邂逅了前来度假的作家森於菟彦。两人在精神上彼此吸引，却因世俗不容而倍感痛苦。森先生远走他国，郁郁而终，三村夫人也在几年后突发心脏病去世。目睹了母亲恋爱全过程的菜穗子，因无法忍受那种陷于爱情中的精神折磨，与青梅竹马的朋友都筑明不告而别，在东京迅速同一位名叫黑川圭介的上班族结了婚。圭介性情木讷，婚后仍只与自己的母亲相处甚欢，这让被婆婆排挤的菜穗子感到十分落寞。而母亲去世的打击更使她郁郁寡欢，终因患上肺病而住进高原疗养院，过起了与世隔绝的生活。一方面，作者将母亲的故事放在了小说的前传《榆树之家》中，与菜穗子自己的故事遥相呼应；另一方面，与她一起长大的都筑明性格忧郁，因从小失去双亲，由住在O村的姑妈照顾，少年时代与菜穗子的过往成了留存在他记忆中最深刻的一幕。多年后，都筑明成为一名建筑师，却难以融入平庸的日常生活，时常迷失在自己的各种感伤情绪中。一次街头邂逅让他重新回忆起与菜穗子一起度过的往昔，回忆起O村。肺病加重的他决定放弃工作，前往O村度过人生最后的时光。

我们可以从《菜穗子》中看到许多《起风了》的影子，比如相似的人物设定、类似的情节乃至环境。堀辰雄似乎并不是一位乐于推陈出新的作家，同样，他也不是一位热衷于反映现实的作家。

他的小说创作全盛期正值日本入侵中国，与许多日本作家不同，堀辰雄似乎对现实毫不关心，只将注意力集中在笔下人物纤细的神经上，看他们在愁肠百结的心灵处境中挣扎覆灭。这种对宏大叙事的疏离态度是否可以证明这位作者是缺乏现实感的呢？也许并非如此，举个小说中的例子，森於菟彦最后是在北京去世的：

> 一年前，森先生离开日本，似乎是为了躲避什么人。但他抵达中国后，仍然来过两三封信。读他的信，不难看出他钟情于“如古老森林一般”的北京城。他还曾在信中玩笑般地提到，自己愿意在这样的地方孤单地度过晚年，然后不为人知地死去。不曾想这玩笑话如今却成了真的。也许森先生将初见到北京的想法写进信里寄给我的时候，就已经看穿了自己的命运……[1]

在三村夫人看来，森先生是主动带着自我放逐的想法离开日本和心爱的女子，于异国终结自己生命的。这不单是爱情受挫后的应激反应，更是一种顺应了自身感受的理性选择，其中蕴含着对自我命运的深刻思考。那“如古老森林一般”的北京城显然被赋予了另一种意义，指向另一个归宿。它在任何方面都迥异于当时的日本社会，把它作为生命的终点站，是带着一种隐晦的反叛和悖离姿态的。堀辰雄将这样一个耐人寻味的细节放在小说里，恐怕是想在

1　参看正文第24页。——编者注

不破坏其独属的艺术原则的前提下，对现实做出小说家的回应。而这，也是艺术得以切入现实的一个独特角度。

此外也必须注意到，虽然堀辰雄从不直接描写战争，但他笔下的人物几乎个个都处在死亡的阴影之下。三村夫人和森於菟彦都离世了，都筑明在小说最后也已处于弥留之际，菜穗子更是孤身一人徘徊于生死之间。死亡，是堀辰雄作品中不变的主题，也是作家自己最想要理解的东西。描述死亡，并挖掘其中的意义，既是他的追求，也是他创作的动力。《起风了》也是描写死亡，但结构较为简单。相对来说，《菜穗子》中对死亡的态度更加暧昧，也更为复杂。这首先表现在人物之间的关系的疏离上。从前传《榆树之家》中就可以发现，菜穗子与母亲之间的关系有着一种强大的内在张力。母亲不止一次在日记里表达自己对女儿心思和性格的不解，只能用“任性”来形容，这恰恰体现了母亲对菜穗子真正的想法是无法了解透彻的。反过来，菜穗子对母亲身上散发的感伤和浪漫情怀既向往又害怕，但终究还是无法承受母亲因爱情而遭受过的痛苦。母女俩看似迥异的人生选择背后折射出的，其实是两人相似的内在气质，那就是无法摆脱对理想生活的欲求。于是，表面上母亲是借着写日记的方式来阐述自我，实际上却是与遥远的菜穗子进行对话。一切的困惑不过是为了更深的理解，母亲是带着想要进入女儿内心深处的愿望离世的，这一层潜在的对话关系为小说复调结构的形成奠定了基础。此外，菜穗子与都筑明这一对彼此吸引的少年伙伴间也充满了隔阂感。都筑明的理想主义以更为直接的方式影响着他，使他对庸俗的生活产生了强烈的困顿感。相对地，菜穗子的挣扎则隐晦消极得多。虽然最终两人没能走到一起，但作者采用了一种类似于对位法的叙述方式，让他们在各自的生活轨迹里行进的同时，彼此映照，构成另一场持久的对话。

## 三、多重视角的呼应与挣扎

可以说，正是这一系列隐藏在叙事背后的对话关系决定了小说的情节展开，同时也构建起了复杂的人物视角网络。从叙述者的角度出发，小说无一例外都采用了“第一人称内视角”。堀辰雄擅长借助内视角来展现人物内心世界的创作技巧是一以贯之的，这也是心理小说普遍采用的叙述方式。但《菜穗子》的视角却是交错、重叠，甚至是碰撞的。比如对于三村夫人与森於菟彦的关系，小说叠加了母女两人的叙述，展现了不同的效果。在母亲的叙述里，自己与森先生的爱恋是压抑却炽热的，两人因这段情感无法得到世俗的接纳，先后含恨而死，使之越发显得纯粹。然而在女儿菜穗子的叙述中，母亲的爱更多的是苦涩与犹豫，就如一块无法被消化的冷食，长久地搁在胃里，不知如何面对。天性同母亲一样怀着浪漫感伤情怀的菜穗子，一方面惧怕遭遇母亲这样毁灭性的精神事件，另一方面又渴望被纯粹的情感浇灌。为了躲避浪漫主义者的宿命，她选择匆忙嫁人，期冀安稳的生活。然而随着母亲的去世，逃避的惨淡后果出现了。那亲手建造起来的“避难所”，虽然暂时替她压制住了危险的激情，却使她陷入更本质的困境，那就是对整个生命热情的压抑。堀辰雄将《榆树之家》处理成日记体，除了交代必要的人物关系之外，也是为了借着母亲的眼睛去观察女儿迷雾般的心绪。都筑明与菜穗子亦是如此，虽然两人一起长大，但面对都筑明这样一位纯粹的理想主义者，菜穗子仍然无法坦承自己复杂的内心，甚至需要对其采取跟对待母亲一样的方式——远远地从他的身边逃开，逃往某一个安全地带。虽然三村夫人和都筑明的视角都是独立构成的，但他们看向菜穗子的目光是一致的。在他们的叙述中，菜穗子是一个自我矛盾的、捉摸不透的形象。反过来，菜穗子看向母亲和少年伙伴，甚至森先生的视线也是相同的，她无法承受他们过于纯粹的精神品质，更多时候，他们使她不得不处在一种两难的境况中。

> 不过菜穗子之前的朋友们，都很不理解她为何要选这样一个平庸的男子做自己的婚姻伴侣。他们当中没有一个人知道，她这样做是为了摆脱长久困扰自己的不安——两人结婚快满一年，菜穗子仍未觉得自己做了错误的选择。尽管夫家的生活如此平淡而疏离，于她而言，这个家却是再好不过的避难所。至少在当时，她是这么认为的。[1]

但当丈夫黑川圭介以一个绝对的世俗形象出现在她面前时，她又明显感觉到他所代表的整个现实世界对她的排斥，丈夫与婆婆的

1 参看正文第50页。——编者注

亲密关系更加剧了她那种“多余人”式的孤独感。现实处境形成了菜穗子“自我孤立”化的观看方式，因为她的视线既无法完全抵达母亲和都筑明，又无法完全抵达丈夫和婆婆。那带着闪躲和徘徊的眼神仿佛在她周围所有人的身上逡巡，却从未作停留。最终，它返回了自身，也只能返回自身。视角的折返与闭合最终指向人物精神上的自我封闭，属于菜穗子的既不是O村与母亲同住的别墅，也不是丈夫在大森的那栋老屋，而是八岳山山脚下的高原疗养院。《起风了》里的“我”也曾陪节子在疗养院里度过她生命的最后一刻，那家疗养院因为爱情与死亡本质上的悖反色彩而同时拥有了闭锁和敞开的双重属性。它在关闭了生的通道的同时，借着死的威胁而完全激发了两人爱的激情。这是一种内在空间的打开，它使相爱的人毫无保留地朝向对方，也毫无保留地迎接对方。《起风了》的爱情悲剧实质上是建立在一个理想的舞台之上的，但菜穗子在疗养院中的情形却全然不同。在这个密闭的空间中，她需要独自面对的不是与他者的联结，而是自我内心的悖反性，即对某个“避难所”同时产生的依赖和背叛冲动。为什么无论是O村、大森的家，还是高原疗养院，都无法完全地容纳自己？空间上的不断转换象征精神上的流离失所，这意味着菜穗子对任何一种生活方式及其背后的价值取向都是警惕的。于是，她不得不一再否认自己的本来面目，并通过一次次的离去找到一个可以安居其中的空间，直到那个空间折射出确凿的死亡阴影。疗养院的寂静是噬人的，但同时，也容易引诱人往更与世隔绝的孤寂中走去。

啊，她竟在这孤独的中心获得了不可思议的新生——这样的孤独她简直求而不得。从前，在合家团圆的欢愉里，在婆婆和丈夫的身旁，她感到自己的心被无可言说的孤独束缚。如今，当她必须在这山里的疗养院独自求生时，却在这里初次尝到了生命的愉悦。生命的愉悦？这究竟是病痛的倦怠让自己对诸事都不再执着了呢，还是说，那只不过是生命拒绝被肆虐的病魔压倒，而衍生出的幻觉呢？

时光缓慢地推移，日复一日，并无新事。

实际上，在这孤独却无忧愁的日子里，菜穗子的精神和身体都在奇迹般地复原。[1]

孤独与死亡在一般人看来可能是极为可怕的，然而于菜穗子来说，却充满了安慰乃至诱惑力。要知道在一个彻底的浪漫主义者心中，与现实相悖的一切事物都可能因为这种相悖性而焕发出别样的光芒。孤独与死亡，可能就是这光芒中最耀眼、最难以接近的。因为它们极端背离了日常，背离了人的处世逻辑。一个与世俗相处和谐的人，惧怕孤独和死亡是十分自然的，世俗逻辑会要求人以保存自身肉体与精神的生命为绝对前提；而浪漫主义者身上却带着一种普遍的激进，表现为对世俗逻辑的破坏和背叛。曾试图压抑自己这方面秉性的菜穗子，期望通过与世俗生活的和解，彻底治愈那难以控制的浪漫感伤情怀。然而，当她切身感受到世俗逻辑的局限性，

1 参看正文第62页。——编者注

被日常生活的冷漠狠狠回击后，她身上那浪漫感伤的一部分又如弹球一样被弹了回来，甚至带来了更强大的冲击力。独自困守在山中疗养院里的她，与其说是为了治愈疾病，倒不如说是为了彻底释放自己与生俱来的那份忧伤与敏感。

## 四、生命的趋向与徘徊

然而，作者并没有顺理成章地让菜穗子回归浪漫主义传统，就像他以往所做的那样，这也是小说得以超越前作，成为堀辰雄最成熟作品的根本原因。菜穗子是一个摇摆型的人物，也因此，她身上拥有比她的母亲和同伴更多的现代感——对死的向往与对生的渴望在她的身上不再是统一的，并且最终也没能达到统一。这是《起风了》所没有的主题。比起菜穗子的分裂，“我”和节子的生命韵律一直是和谐的，精神世界也是统一的，可以说《起风了》在一种理想主义中登顶，但也停驻于此，不再向前。死亡作为终结，成就了一切，也使一切突然停止，这就是浪漫主义的逻辑。它关注的是精神的自我实现，无论是雪莱、拜伦时期的积极浪漫主义，还是19世纪以后在欧洲盛行起来的颓废浪漫主义，它们共同追求的核心在本质上没有区别，那就是自我应该如何实现，包括道德的实现、自由的实现以及情感的实现。但当这种实现无法再作为一种目的，甚至也不再成为一种可能时，该如何继续生活下去？或者说，如何不带着死亡的必然预设生活下去？这就是作者借着菜穗子的处境发出的质问。

> 一天，菜穗子钻过围栏，在草坪上走了很远。差不多走到牧场正中央的时候，她看见一棵巨大的树，树的姿态里仿佛有种说不清的悲伤，掳夺了她的心。恰巧有成群的牛马在原野的尽头吃草，于是菜穗子小心避着那些牛马，决定尽可能走近那棵大树看个究竟。越走越近，菜穗子渐渐发现，这棵不知道是什么名字的树从根部分成两杈，一边还生着一簇簇的绿叶，另一边的枝杈却已完全枯死，看上去十分凄苦。菜穗子看看枝繁叶茂的树梢，树叶在风中摇曳闪光。她又看了看另一边枯弱得让人心疼的枝杈，心想："想来，我也是这样活着的啊。一半的我已经枯萎了……"[1]

趋于死亡的老树让菜穗子预见自己将死的命运，她再一次将希望放在黑川圭介的身上。虽然丈夫的木讷一如既往地使人失望，但一种生的主动性已经在体内滋生。与为了逃避痛苦而寻求避难所的状态不同，这主动性更多的是来自求生的本能，或者说是生命的底色。将这种底色贬低或曲解为一种庸俗，可能恰恰是贬斥者们自己的庸俗。因为即便是在最个人化的体验中，只有当作为生命意志的"活下去"与作为生命本质的"活下去"坦然合一时，人才有获得期待与幸福的可能。这并非浅薄的"活命哲学"，而是对生命自身的认可与回归。虽然这种认识会在一段漫长的时间里遭遇各种文化

1　参看正文第71页。——编者注

的挑战，但它既然是真实的，那么也必定是普遍的。

当然，至少在作品中，我们认为堀辰雄借着菜穗子要表达的仍然只是一种取向或一种可能，毕竟现实世界不会为了配合一个人心灵的苏醒，而立刻呈现出与以往完全不同的面貌。婆婆虽然有所收敛，丈夫却依然木讷迟钝，敌意和冷漠会一直存在，菜穗子该如何面对？小说写到此处便停了下来，把读者因菜穗子的转变而产生的希望与担忧永远地留在了那里。文学作品并不负责给出确凿的答案或方向，有时，矛盾挣扎和前途未卜会比明确的希望更能表现出艺术的真实。堀辰雄是否因为菜穗子这个独特的人物而完全摆脱了他一贯擅长的对死亡必然性的追问呢？作为小说背景人物出现的森於菟彦，是以堀辰雄的老师芥川龙之介为原型塑造的。芥川龙之介自杀后，作为学生的堀辰雄一直没有停止过对老师的探究，自《圣家族》开始的一系列小说中便有所体现。森先生最终因对自身前途的绝望而死在遥远的中国，异乡与死亡具有强烈的象征性，暗示了芥川龙之介之死可能源于一种“无家可归”的孤独感，或是“自我放逐”的绝望心情，这与芥川自己在去世前很长一段时间里流露出来的“隐隐约约的不安”是可以相互观照的。正是对这个世界、对自身的走向感到极度迷惘，换言之，正是那种在巨大变革时代面前的自我迷失导致了芥川的自杀。在这里，森先生的选择与芥川龙之介的命运被整合到了一起，而与之呼应的另一位死于异乡的人则是都筑明。

“我的一生就像那股冰冷的火焰——一定会在走过的

路上留下些什么吧。或许另一阵风吹过后，痕迹也会消失得无影无踪，但是，今后一定还会有和我类似的人走过他们的人生，留下和我类似的痕迹。命运就是这样，从前往后，不断向下传承的……”

都筑明独自追寻着自己的思绪，不住地望着窗外白皑皑的明亮。屋里的光线慢慢暗了下来，他也好像丝毫没有察觉。[1]

都筑明的原型是堀辰雄最欣赏的学生——青年诗人立原道造。立原只活到了24岁。这位从小即被视作“神童”的天才诗人也是一位建筑师，在东京大学建筑学专业学习期间，就连续3年获得年度大学生建筑学奖，毕业后即被在业界享有声誉的岸田日出刀建筑研究所聘用。1938年，立原道造表现出肺部病变的症状，在一次从本州前往长崎的长途旅行中大量咯血，翌年就病逝了。年轻诗人的死对堀辰雄的打击很大，作为一个患有同样疾病，长期咯血，不得不一次次中断写作而困居疗养的人，堀辰雄在目睹了自己的父母、老师、未婚妻以及学生的死亡之后，很难不纠缠于对生命终极意义的思考。

“我的一生就像那股冰冷的火焰”，这句话既是都筑明的自白，恐怕也是立原道造，甚至堀辰雄自己的心声。在一种被死亡压抑的对生的渴望中，世事的无常与命运的往复为堀辰雄的悲观主义

1　参看正文第120页。——编者注

奠定了基础。只是，他仍渴望那团火焰，并期待着可以因有限的燃烧而留下些什么。此时风的意象再一次出现了，它指向一股强大的不可抗力，足以使一切的价值被瞬间湮灭。如果说，菜穗子带给了堀辰雄有限的期待，那么森於菟彦和都筑明的死又如飓风一般将这盼望撕得粉碎。

作者一生都挣扎于两者之间，但这种被拉扯的状态又将其作品的深刻性不断推向新的高度。写作最初的动力往往来自想要自我抒发，或解决自身困惑的冲动。但是，当写作真正完成的时候，困惑并不见得就能得到及时解决，更多的时候，困惑被永远地保留在了那里，成为人类理解自身或者他人的入口。作家当然无力解决存在的难题，却可以提供最切身的经历。在此意义上，堀辰雄的写作在一种极端的真挚和纯粹中完成了自身，这是独属于艺术家的幸福。

## 图文解读

# 堀辰雄与他笔下的角色原型

堀辰雄经历坎坷，一生大半的时光都在与死亡和病痛做斗争。但在年幼时，母亲对他精心呵护，给了堀辰雄一个较为快乐的童年。这也是他后来能多次走出绝望、重燃对生命的希望的一大原因。在堀辰雄的作品中，母子关系也成了不可或缺的主题之一。

## 堀辰雄与他的母亲

1904年，堀辰雄出生在东京一个普通人家里。父亲堀滨之助是广岛藩的旧武士，当时就任于东京地方法院。母亲西村志气是东京没落商人家的女儿。堀辰雄的母亲并非堀滨之助的正妻。由于正妻病弱，一直未有孩子，于是堀辰雄便被当作堀家嫡男来养育。无法忍受将来与孩子分离的西村志气暗下决心，未曾告诉任何人，就抱着年仅2岁的堀辰雄离开了这个家。

堀辰雄母亲　西村志气

1908年，在堀辰雄4岁时，母亲与雕金师上条松吉结婚。上条松吉一直将堀辰雄看作自己的亲生孩子，与西村志气一起给了堀辰雄幸福、快乐的童年。

上条松吉与幼年堀辰雄

上条松吉对堀辰雄的宠爱也极大地满足了西村志气一直以来的心愿，这个心愿堀辰雄在《持花的女人》中曾有表述：

是谁也好，必须好好待我。——这就是我母亲最看重的事。

在堀辰雄的心中，母亲是“最美的女人”。曾有杂志向他约稿，请求写一篇关于他心中最美的女人的文章。堀辰雄便撰写了《持花的女人》一文，回忆了母亲的一张极为优雅的照片：

照片里，一位素不相识的女性正在插花。[1]她的膝旁放着花瓶，手中正揽着梅花或是别的什么东西。

1　堀辰雄记忆中的母亲是较胖的，而照片中的人十分纤瘦，这使得第一次看到这张照片的堀辰雄感到惊讶和陌生。——编者注这张照片虽然在后来的地震中被烧毁，但每当他回忆起母亲时，脑海中总会浮现出这张照片。这张照片和母亲为他创造的无忧无虑的童年一道成为日后仍能抚慰他的珍贵回忆。

堀辰雄

在堀辰雄求学和写作的道路上，西村志气也尽一位母亲所能去帮助他。

堀辰雄中学入学考试时，西村志气曾前往浅草的观音像下祈祷。她还戒掉了平生最爱的烟酒，只为堀辰雄能顺利通过考试。

而当堀辰雄走上文学道路时，母亲听说附近有一家装订书本的店，也曾特意去拜访。在《我热爱的诗人的传记》中，室生犀星这样记述：

他的母亲想到堀君将有一天会成为写书的人，又因为附近有家装订书的店，便特意提着点心盒前去拜访，并打招呼说我家孩子的书要是出版了，请一定为他制作一本精美的书。

然而，好景不长。

1923年9月，一场举世震惊的自然灾害夺去了许多人的性命，这便是关东大地震。堀辰雄的母亲也在此次地震中溺亡于隅田川。为了寻找母亲的尸骸，堀辰雄与继父在隅田川中搜寻了整整三日。

母亲的去世使得堀辰雄第一次感受到生命的脆弱，给他带来了沉痛的打击。此后，他不光身体日渐病弱，思想上也开始不断怀疑人的生死、命运究竟为何物。

母亲给堀辰雄创造了无忧无虑的童年生活，也给他带来了亲人离世的巨大打击。这些都影响了堀辰雄对于人世、生死的认知，使他逐渐形成独有的自然忧伤的文风，也使他的作品格外关注人的内心，着重刻画人在面对生与死时的细腻的心理。

# 《菜穗子》中的角色原型

小说的主人公是作家在现实生活中的投影。《菜穗子》中也有不少角色原型取自堀辰雄身边的人。

## ·片山广子与三村夫人

《菜穗子》围绕三村夫人给菜穗子的一本日记展开。日记中记录了三村夫人与作家森於菟彦一段令人遗憾的爱恋。母亲的选择给菜穗子带来了极大的影响，也使菜穗子与母亲的关系逐渐冷淡。浪漫与现实碰撞后的遗憾与悲伤成了菜穗子逃避自我与爱情的重要原因。

片山广子

这位三村夫人正是以日本有名的和歌诗人、爱尔兰文学翻译家片山广子为原型的。她也是堀辰雄的恩师芥川龙之介钦佩并仰慕的才女，与芥川龙之介有着一段柏拉图式的爱情。芥川龙之介在《某傻子的一生》中，称其为：

才学上可以比肩的人。

与三村夫人和森於菟彦的结局相似，片山广子与芥川龙之介虽有大量的书信往来，最终却未能走到一起。

作为外交官的女儿，片山广子在文学上表现出了极大的天赋，女儿片山总子（笔名宗瑛）深受母亲的影响，也对文学有着极大的兴趣。

1924年，堀辰雄和芥川及其他一行人一起在轻井泽的旅馆里与片山母女相遇。从此，这对母女便成为堀辰雄不少作品中的原型，比如《圣家族》中的细木夫人与绢子。有不少人认为，《菜穗子》中的女主角菜穗子也有着总子的身影。

### ·芥川龙之介与森於菟彦

《菜穗子》的灵感来源即是堀辰雄的恩师芥川龙之介与片山广子这段柏拉图式的爱情。

作为芥川龙之介唯一的弟子，堀辰雄因芥川的赞赏而显露于文坛，也因芥川的离世而更深刻地思考“爱”与“死”。与堀辰雄幸福、快乐的童年不同，芥川自小便受到了家庭给他带来的折磨。

1892年，芥川出生于日本东京一户商人家庭。中年得子使得夫妻二人对芥川宠爱有加。然而在芥川7个月时，母亲突发精神病，此后整整疯了10年。从此，母亲精神上患有疾病这件事便成了芥川心中难以拔去的刺。

母亲发疯使得芥川自小被寄养在舅舅家。生性本就敏感的芥川在寄人篱下的日子里谨言慎行，不敢任性。尽管在学业上一直有着不错的成绩，可芥川内心却逐渐变得阴郁、压抑。

在《侏儒的话》中，芥川龙之介曾说道：

> 人生悲剧的第一幕始于成为父母子女。[1]

芥川龙之介

1　参看芥川龙之介《罗生门：芥川龙之介短篇小说选》，楼适夷、文洁若、吕元明译，译林出版社2010年版，第314页。——编者注就连在给友人的遗书中，芥川也再次提起了这件事：

> 我也像所有的青年那样，有过种种梦想。可如今看来，我总还是个疯子的儿子。[1]

不幸的家庭、艰难的生活、敏感的性格……1927年7月24日，在对未来的隐隐约约的不安中，芥川龙之介服下过量安眠药，与世长辞。

恩师的离世再次给堀辰雄带来了巨大的打击，使他再一次陷入人生是否就这样永远处在绝望里的怀疑中。在《菜穗子》中，堀辰雄也安排作家森於菟彦最后在遥远的异国他乡迎来了自己生命的终结。

## ·立原道造与都筑明

《菜穗子》中最具有“心怀梦想”特质的人就是菜穗子儿时的玩伴都筑明。都筑明面对枯燥、一成不变的生活，勇敢地做出了抉择，拖着病体前往向往的远方，寻找人生另外的可能。

都筑明的原型即是堀辰雄最为得意的门生——立原道造。

立原道造从小便展露出了在绘画上的极大天赋。1934年进入东京大学后，他主修建筑学。在大学里，立原道造曾连续3年获得年

---

1　参看芥川龙之介《地狱变》，徐建雄译，江苏凤凰文艺出版社2022年版，第408页。——编者注

度大学生建筑学奖，毕业后顺利被一家建筑研究所聘用。

1938年，与都筑明一样，立原道造不习惯建筑所里那种充满束缚的工作状态。于是，他选择了前往本州和长崎旅行。其间，他开始大量咯血，最终被诊断为肺结核。

1939年，24岁的立原道造病逝于东京的一家疗养院内。

或许，立原道造的去世在给堀辰雄带来悲痛的同时，也使堀辰雄更努力地在这绝望中寻找希望。就像堀辰雄在《菜穗子》中说的：

> 他的人生和她的同样绝望，他却比她更执着地面对人生。[1]

23岁的立原道造

1　参看正文第107页。——编者注

# 欢迎您从《菜穗子》走进
# 读客三个圈经典文库

**亲爱的读者，感谢您选择读客三个圈经典文库。**

我们的封面统一使用“三个圈”的设计，读者可以凭借封面上形式各异的“三个圈”找到我们，走进经典的世界。

你想成为什么样的人？

对你来说什么是重要的？

这个世界应该是什么样子？

我们在生命中遇到的这些问题，或许可以在浩如烟海的文学经典中找到答案。

跟随读客三个圈经典文库，认识世界、塑造自我，成为更好的人！

《漫长的告别》

《西西弗神话》

《人间失格》

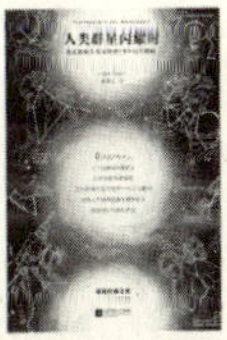
《人类群星闪耀时》

《鼠疫》

《小王子三部曲》

《局外人》

《月亮与六便士》

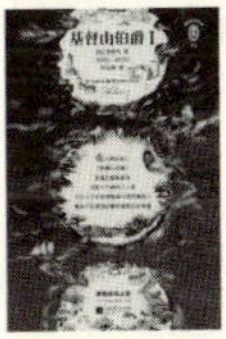
《基督山伯爵》

《罗生门》

读客三个圈经典文库

# 精神成长树

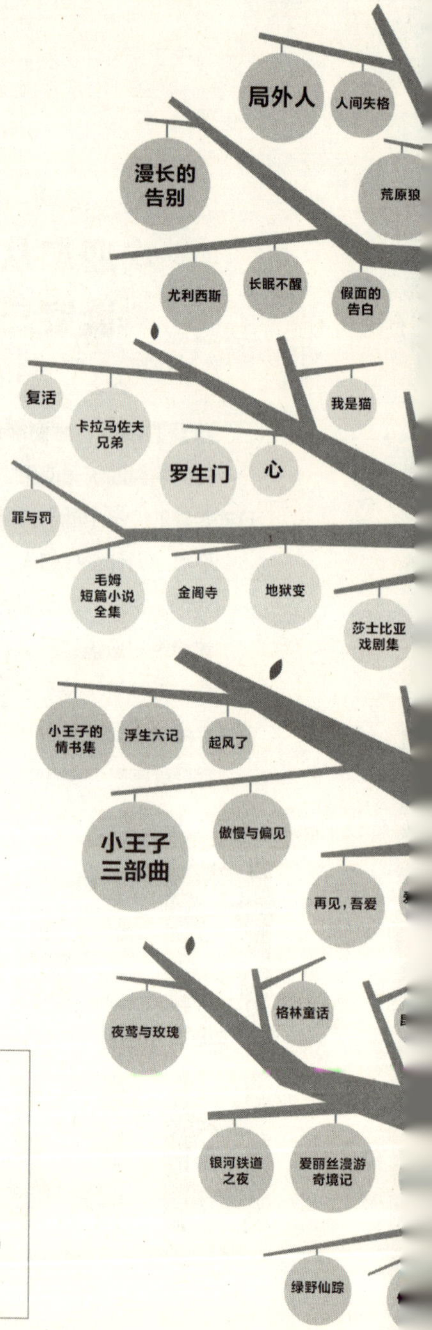


**你想成为什么样的人？**
**对你来说什么是重要的？**
**这个世界应该是什么样子？**

---

我们在生命中遇到的问题，每个时空的人都经历过，一些伟大的人留下一些伟大作品，流传下来，就成了经典。正是这些经典，共同塑造并丰富着人类的精神世界。

我们重新梳理了浩若烟海的文学经典，为您制作了精神成长树。跟随读客三个圈经典文库，汲取大师与巨匠淬炼的精神力量，完成你自己的精神成长！

**树干：**

不同的精神成长主题，您可以挑选任意感兴趣的主题进行深入阅读

例如：
寻找人生意义
探索自己的内心
拥有强大意志力
理解复杂的人性
…………

**枝丫上的果实：**

我们为您精选的经典文学作品

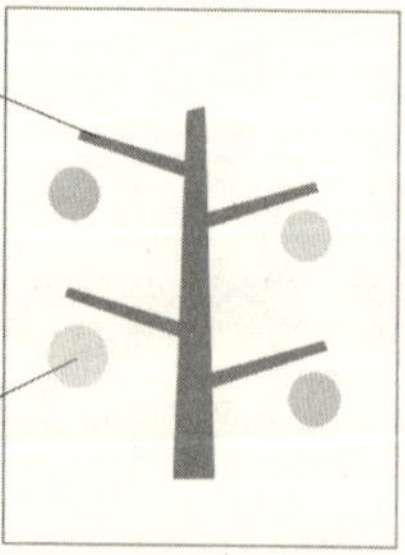

精神成长树示意图

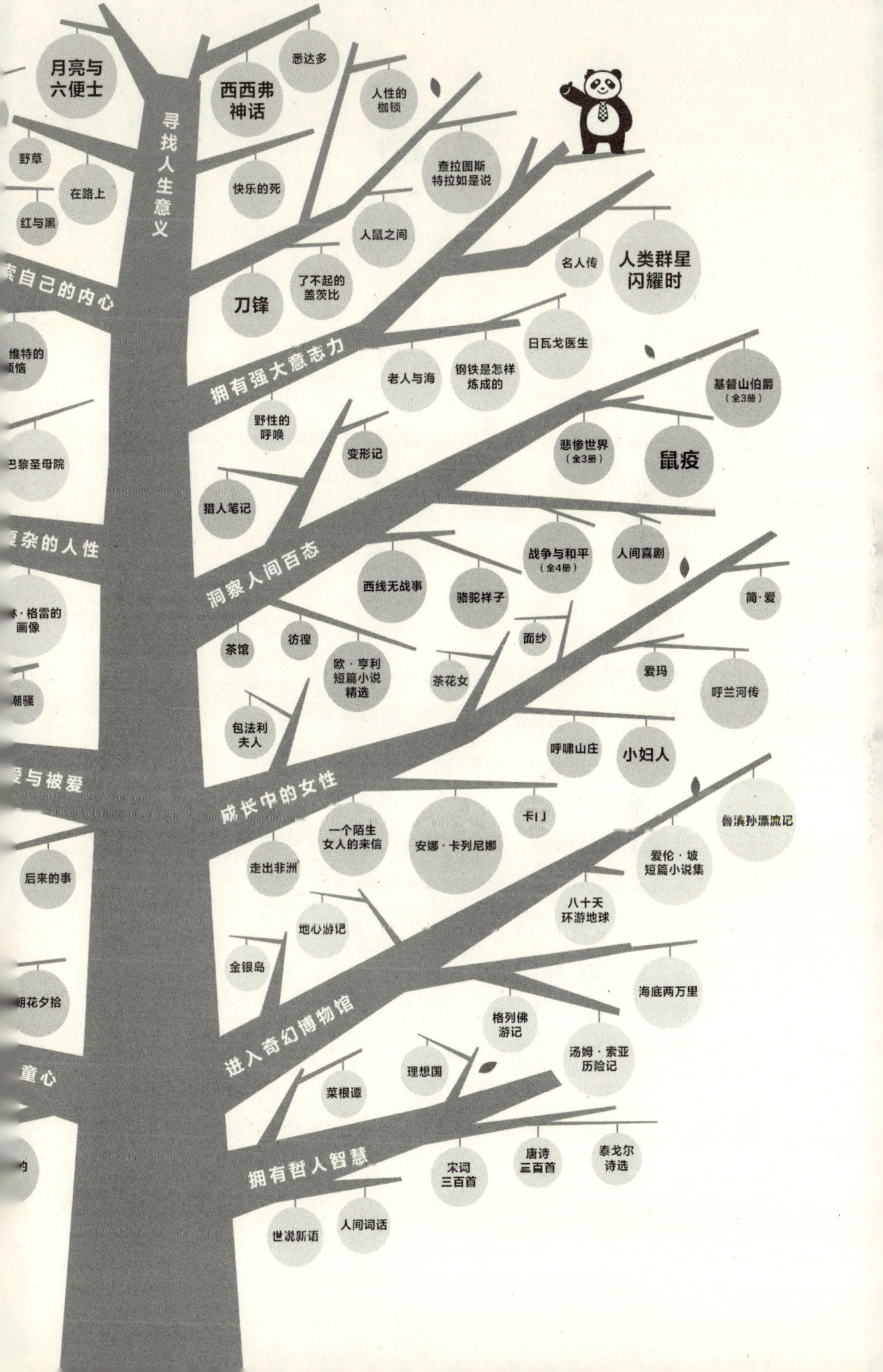

月亮与六便士
西西弗神话
悉达多
人性的枷锁
寻找人生意义
野草
在路上
红与黑
快乐的死
查拉图斯特拉如是说
人鼠之间
名人传
人类群星闪耀时
自己的内心
刀锋
了不起的盖茨比
日瓦戈医生
维特的
拥有强大意志力
老人与海
钢铁是怎样炼成的
基督山伯爵（全3册）
野性的呼唤
变形记
巴黎圣母院
悲惨世界（全3册）
鼠疫
猎人笔记
杂的人性
洞察人间百态
战争与和平（全4册）
人间喜剧
西线无战事
骆驼祥子
简·爱
·格雷的画像
茶馆
彷徨
欧·亨利短篇小说精选
茶花女
面纱
爱玛
呼兰河传
潮骚
包法利夫人
与被爱
成长中的女性
呼啸山庄
小妇人
一个陌生女人的来信
安娜·卡列尼娜
卡门
鲁滨孙漂流记
后来的事
走出非洲
爱伦·坡短篇小说集
八十天环游地球
地心游记
金银岛
海底两万里
朝花夕拾
进入奇幻博物馆
格列佛游记
汤姆·索亚历险记
童心
理想国
菜根谭
拥有哲人智慧
宋词三百首
唐诗三百首
泰戈尔诗选
世说新语
人间词话

读客

## 激发个人成长

多年以来，千千万万有经验的读者，都会定期查看熊猫君家的最新书目，挑选满足自己成长需求的新书。

读客图书以“激发个人成长”为使命，在以下三个方面为您精选优质图书：

### 1. 精神成长

熊猫君家精彩绝伦的小说文库和人文类图书，帮助你成为永远充满梦想、勇气和爱的人！

### 2. 知识结构成长

熊猫君家的历史类、社科类图书，帮助你了解从宇宙诞生、文明演变直至今日世界之形成的方方面面。

### 3. 工作技能成长

熊猫君家的经管类、家教类图书，指引你更好地工作、更有效率地生活，减少人生中的烦恼。

每一本读客图书都轻松好读，精彩绝伦，充满无穷阅读乐趣！